हिन्द पॉकेट बुक्स

महान स्वतंत्रता सेनानी

लाला लाजपत राय

यह पंजाब केसरी लाला लाजपतराय की जीवनी है, जिसे छोटों एवं किशोरों के लिए सजाया-संवारा गया है, ताकि इसे पढ़कर उनमें उनके जैसा बनने, ऊंचा उठने और दुनिया में बड़ा नाम कमाने की प्रेरणा जगा सकें।

महान व्यक्तित्व की यह जीवनी बहुत आसान भाषा में और कहानियों की तरह रोचक ढंग से लिखी गई है। इसलिए इसे याद करने में भी बड़ी आसानी होगी।

लाला लाजपतराय महान स्वतंत्रता सेनानी थे। इन्हें पंजाब केसरी भी कहा जाता है। इन्होंने पंजाब नेशनल बैंक और लक्ष्मी बीमा कंपनी की स्थापना कर देश की आर्थिक उन्नति में भी योगदान दिया। यह भारतीय राष्ट्रीय कांग्रेस में गर्म दल के प्रमुख नेता थे। यहां इन्हीं महान राष्ट्रनायक की जीवनी दी गई है। तो आइए, पढ़ें लालाजी का जीवन और देश की उन्नति के लिए प्रेरणा लें।

लेखिका की अन्य पुस्तकें

1. महान दार्शनिक डॉ. सर्वेपल्लि राधाकृष्णन्
2. राष्ट्रपितामह स्वामी दयानंद सरस्वती
3. महान राष्ट्र निर्माता सरदार बल्लभभाई पटेल
4. हमारे राष्ट्रपिता महात्मा गांधी
5. महान धरती पुत्र लाल बहादुर शास्त्री

बच्चों और किशोरों के लिए प्रेरकदायक जीवनी

महान स्वतंत्रता सेनानी

लाला लाजपतराय

मधु धामा

हिन्द पॉकेट बुक्स
पेंगुइन रैंडम हाउस इम्प्रिंट

हिन्द पॉकेट बुक्स

यूएसए | कनाडा | यूके | आयरलैंड | ऑस्ट्रेलिया | सिंगापुर
न्यू ज़ीलैंड | भारत | दक्षिण अफ्रीका | चीन

हिन्द पॉकेट बुक्स, पेंगुइन रैंडम हाउस ग्रुप ऑफ़ कम्पनीज़ का हिस्सा है,
जिसका पता global.penguinrandomhouse.com पर मिलेगा

पेंगुइन रैंडम हाउस इंडिया प्रा. लि.,
चौथी मंजिल, कैपिटल टावर -1, एम जी रोड,
गुड़गांव 122 002, हरियाणा, भारत

पेंगुइन
रैंडम हाउस
इंडिया

प्रथम हिन्दी संस्करण हिन्द पॉकेट बुक्स द्वारा 2014 में प्रकाशित
यह हिन्दी संस्करण हिन्द पॉकेट बुक्स में पेंगुइन रैंडम हाउस द्वारा 2022 में प्रकाशित

10 9 8 7 6 5 4 3 2

ISBN 9789353491192

मुद्रकः रेप्रो इंडिया लिमिटेड

www.penguin.co.in

MIX
Paper from responsible sources
FSC® C047271

This is a legitimate digitally printed version of the book and therefore might not have certain extra finishing on the cover.

क्रम

जन्म और बचपन

"क्या कर रहे हो रामू, एक दीपक जलाने के लिए माचिस की चार-चार तिलियां खराब कर रहे हो।" एक बालक ने घरेलू नौकर को डांटते हुए कहा।

"माचिस में सीलन है, तीलियां जल ही नहीं रहीं।"

"जानते हो, ये कितनी महंगी आती हैं।"

बालक घरेलू नौकर को नसीहत दे ही रहा था कि तभी द्वार पर कई आदमी एक साथ आ खड़े हुए। बालक ने उनका अच्छी तरह सत्कार किया। दरअसल वे लोग गुरुकुल के लिए चंदा मांगने आए थे, लेकिन जब बालक की कंजूसी देखी तो मन ही मन विचार करने लगे थे कि इस घर से कुछ नहीं मिलेगा, क्योंकि जिस घर में बालक ही इतना कंजूस है, तो उसके माता-पिता कितने कंजूस होंगे। फिर उन्होंने बालक को अपने आने का तात्पर्य बताया, तो बालक ने कहा, "पिताजी तो नहीं हैं, आप फिर कभी आ जाएं, तो आपको चंदा मिल जाएगा।"

"अच्छी बात है।" कहते हुए जैसे ही वे चले तो बालक ने उन्हें फिर टोक दिया, "लेकिन खाली हाथ जाना ठीक नहीं। शिक्षालय के लिए चंदे की आपको जरूरत है। यह ठीक है कि पिताजी से आप बाद में चंदा ले लें, लेकिन रुको मैं भी कुछ करता हूं।"

और उसके बाद उस बालक ने अपनी मिट्टी की गुल्लक उठाई और उसे फोड़कर उसके सारे पैसे उन लोगों को देते हुए बोला, "मेरे पास केवल यही हैं।"

यह बालक आगे चलकर पंजाब केसरी लाला लाजपतराय के नाम से प्रसिद्ध हुआ।

1865 ई. के आस-पास मोगा जिले के ढोडिके गांव में एक अग्रवाल कुटुम्ब रहता था। कुटुम्ब में वृद्ध रल्लामन के अलावा और दो ही प्राणी थे, दंपति पुरुष और स्त्री। पुरुष का नाम मुंशी राधाकृष्ण था। यही राधाकृष्ण लाला लाजपतराय के पिता थे।

28 जनवरी, सन् 1865 को मुंशी जी की पत्नी ने एक बालक को जन्म दिया। बालक ने अपनी किलकारियों से चारों ओर खुशियां ही खुशियां बिखेर दीं। बालक के जन्म की खबर पूरे गांव में फैल गई। बालक के मुखमंडल को देखकर गांव के लोग खुशी से फूले नहीं समा रहे थे। माता-पिता बड़े लाड़-प्यार से अपने बालक का लालन-पालन करते रहे। वे प्यार से अपने बच्चे को लाजपतराय कहकर बुलाते थे। लाजपतराय के पिता जी वैश्य थे, किंतु उनकी माती जी सिक्ख परिवार से थीं। दोनों के धार्मिक विचार भिन्न-भिन्न थे। वे एक साधारण महिला थीं। वे एक हिन्दू नारी की तरह अपने पति की सेवा करती थीं।

लाजपतराय जन्म के समय बहुत ही कमजोर और दुबले पतले थे। बड़े होने पर भी कई वर्षों तक शरीर की कमजोरी और दुबला-पतलापन बना रहा। लाला जी का जम्म गरीबी और अभाव की गोद में हुआ था। उनके पिता को थोड़ा-सा वेतन मिलता था। सस्ते का जमाना था, इसलिए घर का खर्च तो चल जाता था पर बचत कुछ भी नहीं होती थी।

अतः लाला को बचपन में माता और पिता का स्नेह और दुलार तो मिला, पर अमीरों के बच्चों की तरह अच्छा खाना और अच्छे कपड़े और खेल-खिलौने नहीं मिले। उन्होंने बचपन में ही गरीबी हो देखा और समझा था। ईश्वर ने उसे ग़रीब हिन्दुस्तान के उद्धार के लिए भेजा था। अतः ग़रीबी और अभावों के मर्म को समझना उसके लिए ठीक ही था।

शिक्षा अनिवार्य और उपयोगी होती है। जिस प्रकार सूर्य के उदय होने पर अंधकार दूर हो जाता है, और आलोक फैल जाता है, उसी प्रकार शिक्षा से हृदय का अंधकार दूर हो जाता है और उसकी जगह पर ज्ञान का आलोक फैल जाता है। यही कारण है कि, प्रत्येक मनुष्य को बाल्यावस्था से ही शिक्षा दी जाने लगती है और 20-22 वर्ष की उम्र तक शिक्षा का क्रम जारी रहता है। वे परीक्षा में सदा सर्वप्रथम आते थे।

वह बड़े समझदार और मातृ-पितृ भक्त थे। वे उतना ही काम करते थे, जितने के लिए उनके माता-पिता की आज्ञा होती थी। वे अपने समय का भी बहुत ध्यान रखते थे। खेल-कूद और नाच-तमाशा देखने में कभी भी अपना समय बर्बाद नहीं करते थे। वे खेल-कूद के समय भी किताबें पढ़ा करते थे। एक बार लाला लाजपतराय के माता-पिता दोनों एक साथ ही बीमार पड़ गये। सेवा टहल करने वाला कोई दूसरा आदमी नहीं था। अतः बालक लाजपतराय जी ने पाठशाला जाना बन्द कर दिया। वे घर का काम-काज भी करते थे। माता-पिता की सेवा भी किया करते थे। उनके लिए दवा लाते थे और खाना भी बनाया करते थे। जूठे बर्तन साफ करते थे और माता-पिता के गन्दे कपड़े धोया करते थे। उनके माता-पिता बोलते कुछ नहीं थे पर मन ही मन आशीर्वाद दिया करते थे।

कई दिनों बाद जब माता-पिता अच्छे हो गए, तो बालक लाजपतराय पुनः पढ़ने के लिए गए। अध्यापक ने उनसे प्रश्न किया, "इतने दिनों कहां रहे?"

"माता-पिता की सेवा करने में लगा रहा।"

"माता-पिता की सेवा तो सभी करते हैं।" शिक्षक ने कहा।

"लेकिन मेरे माता-पिता दोनों ही बीमार थे।"

"ओह! यह तो बड़ी अच्छी बात है।" अध्यापक बड़े प्रसन्न हुए। उन्होंने सभी लड़कों के सामने बालक लाजपतराय की प्रशंसा करते हुए कहा, "जिस तरह लाजपतराय ने अपने बीमार माता-पिता की सेवा की है, उसी प्रकार सभी लड़कों को अपने माता-पिता की सेवा करनी चाहिए।"

बालक लाजपतराय 6 वर्ष की उम्र तक गांव की पाठशाला में पढ़े। इसके बाद वे पढ़ने के लिए लुधियाना चले गए। उनके पिता की बदली जब अम्बाला में हुई, तो वे भी अम्बाला गए। अम्बाला से ही उन्होंने हाईस्कूल की परीक्षा पास की। हाईस्कूल की परीक्षा में उन्हें सर्वप्रथम स्थान प्राप्त हुआ था। लाला जी ने 1880 ई. में अम्बाला से पंजाब विश्वविद्यालय की मैट्रिक की परीक्षा पास की। उन्हें प्रथम स्थान के अंक प्राप्त हुए थे। परिणामतः उन्हें छात्रवृत्ति प्रदान की गई थी।

छात्रवृत्ति मिलने से लालाजी के पिता का उत्साह अधिक बढ़ा। वे उन्हें आगे पढ़ाने के लिए तैयार हो गए। उन्होंने उनका नाम लाहौर के गवर्नमेन्ट कॉलेज में एफ. ए. में लिखा दिया। लालाजी ने बड़े परिश्रम के साथ पढ़कर एफ. ए. की दो वर्ष की परीक्षा पास की। उन्होंने गवर्नमेन्ट कॉलेज से ही मुख्तियारी की परीक्षा भी पास की।

मुंशी राधाकृष्ण आर्य समाजी थे। स्वभावतः वह बाल-विवाह के

विरोधी थे। उनके पिता लाला रल्लामन विद्यार्थी लाजपतराय का विवाह शीघ्र कर डालने को उत्सुक थे। मुंशी राधाकृष्ण के विरोध करने के बावजूद लाजपतराय का विवाह बारह साल की उम्र में ही हिसार के एक धनी अग्रवाल परिवार की कन्या राधा देवी के साथ कर दिया गया था। उस समय तक लाजपतराय मिडिल की परीक्षा भी नहीं दे सके थे। लाहौर में अपनी योग्यता के कारण लाजपतराय को शिक्षा विभाग की ओर से 7 रुपए मासिक छात्रवृत्ति प्राप्त हुई। तदुपरांत इस बल पर वह आगे की पढ़ाई के लिए लाहौर से दिल्ली चले गए। परंतु चूंकि दिल्ली की जलवायु उनके स्वास्थ्य के अनुकूल नहीं पड़ी। अतएव वे 3 महीने के पश्चात् विवश होकर पुनः अपनी मां के पास जगरांव लौट आए। स्वयं लाजपतराय को शिक्षा प्राप्त करने की लगन थी। मुंशी राधाकृष्ण भी अपने पुत्र को उच्च शिक्षा दिलाने के लिए उत्सुक थे। अतः किशोर लाजपतराय कुछ महीने बाद ही जगरांव से लुधियाना पहुंच गए और लुधियाना के मिशन हाई स्कूल में पढ़ने लगे।

योग्यता के कारण उन्हें यहां भी छात्रवृत्ति प्राप्त होने लगी। परंतु लाजपतराय लगातार अस्वस्थ रहने लगे। अतः विवश होकर 6-7 मास के पश्चात् ही लुधियाना मिशन हाई स्कूल की भी पढ़ाई का क्रम टूट गया।

संयोगवश उन्हीं दिनों मुंशी राधाकृष्ण का स्थानांतरण शिमला से अम्बाला के लिए हो गया। वह फिर अपना परिवार साथ ही रखने लगे, परंतु अम्बाला में भी लाजपतराय स्वस्थ नहीं रहे। कोई साल-भर बाद तो वह एकदम 4 महीने तक चारपाई पर पड़े रहे। इस बार उनको बहुत कष्ट भोगना पड़ा। उन्हें एक बहुत बड़ा फोड़ा हो गया था, जो 3-4 बार ऑपरेशन कराने के बाद ही ठीक हुआ। परंतु अस्वस्थ होते

हुए भी लाजपतराय ने एक साथ दोहरी परीक्षाएं उत्तीर्ण कीं। बात यह है कि उस समय तक पंजाब विश्वविद्यालय को विशेष मान्यता प्राप्त नहीं हुई थी। उसके स्तर की कोई गणना नहीं की जाती थी।

उन दिनों कलकत्ता विश्वविद्यालय की खूब साख थी और उसके द्वारा प्रदत्त प्रमाण-पत्रों को उच्चतर समझा जाता था। लाजपतराय ने अपने पिता की प्रेरणा से पंजाब विश्वविद्यालय की मैट्रिक परीक्षा में अरबी, उर्दू तथा भौतिक विज्ञान विषयों का चयन किया था और वस्तुतः कलकत्ता विश्वविद्यालय की परीक्षा के लिए दूसरी भाषा फारसी भी ली थी और वहां की परीक्षा में उन्होंने प्रथम श्रेणी प्राप्त की थी। दोनों ही परीक्षाओं में लाजपतराय ने अच्छे अंक प्राप्त कर लिए थे।

लाजपतराय आदर्श विद्यार्थी थे। वे अपने विद्यार्थी जीवन में बाहरी पुस्तकें और अखबार भी पढ़ा करते थे। उन्हें महान् पुरुषों की जीवन गाथाएं बड़ी अच्छी लगती थीं। उन्होंने सादगी, सच्चाई, परिश्रम, संयम और कष्ट सहन करने के गुणों की शिक्षा महान् पुरुषों के जीवन की गाथाओं से ही प्राप्त की थी। लालाजी अपने विद्यार्थी जीवन में ही समाज और देश सेवा संबंधी कार्यों में भाग लिया करते थे। स्कूली शिक्षा पूरी करने के बाद उन्होंने कानून की उपाधि प्राप्त करने के लिए 1880 में लाहौर के राजकीय कॉलेज में प्रवेश ले लिया। इस दौरान वे आर्य समाज के आंदोलन में शामिल हो गए। लालाजी ने कानूनी शिक्षा पूरी करने के बाद जगरांव में वकालत शुरू कर दी। इसके बाद उन्होंने रोहतक और हिसार शहरों में वकालत की।

आर्थिक संकट ने इस महान साधक को निश्चिंत होकर उच्चस्तरीय विद्याध्ययन का शुभ अवसर नहीं मिलने दिया। आगे चलकर उस वीर योद्धा को स्वयं अपने अतीत की याद करनी पड़ी, "शुरू-शुरू में तो

3 मास मुझे बड़ी परेशानी का सामना करना पड़ा। मेरी आंखों ने मुझे कष्ट दिया। इसके अतिरिक्त मुझे कभी-कभी भोजन के बिना रहना पड़ता था। काफी समय के पश्चात् मैं विश्वविद्यालय से मासिक छात्रवृत्ति प्राप्त करने में सफल हुआ। मैं लाहौर गया तो था केवल आर्ट्स डिग्री की पढ़ाई के विचार से, परंतु छात्रावास में कुछ विद्यार्थियों के मशविरे से मैं वकालत स्कूल में भी भर्ती हो गया। अपनी मासिक छात्रवृत्ति में से मैं 2 रुपया तो गवर्नमेट कॉलेज की फीस, 3 रुपया वकालत स्कूल का शुल्क और 1 रुपया छात्रावास शुल्क देता था। मेरे पिताजी कठिनाई से केवल 8-10 रुपया मासिक का प्रबंध कर सकते थे और मुझे उसी धन की सीमा में रहकर गुजारा करना पड़ता था। वकालत की पुस्तकें काफी महंगी थीं, परंतु मैंने उनमें से आवश्यक पुस्तकें कुछ सस्ते दामों में प्राप्त कर लीं, क्योंकि वह पुरानी थीं। कभी-कभी मैं मित्रों से पुस्तकें मांग लेता था। आर्ट्स की पुस्तकें खरीदने में भी मैंने वैसे ही मितव्ययिता से काम लिया और मांग कर ही गुजारा चला लेता था। मेरे लिए मेरे माता-पिता असीम कष्ट सहन कर रहे थे और वह ऋण के नीचे दबने को भी तैयार थे, परंतु मैं उनको यह कष्ट नहीं देना चाहता था, इसलिए मैं मितव्ययिता से गुजारा करता था।"

स्वामी दयानन्द का प्रभाव

एक बार गलत लोगों की संगत में पड़कर लाला लाजपतराय कई तरह के दुर्व्यवसनों में भी जकड़ लिए गए थे। यहां तक कि ये जुआ भी खेलते थे, लेकिन एक दिन जब आर्य समाज के एक वार्षिक उत्सव में इन्होंने आर्य समाजियों के भजन सुने तो जुआ जैसे बुरे काम इन्होंने हमेशा के लिए छोड़ दिए। वैसे लालाजी अपने विद्यार्थी जीवन में ही समाज और देश सेवा संबंधी कार्यों में भाग लिया करते थे। स्वामी दयानन्द जी का आगमन हो चुका था। वे भारत के विभिन्न नगरों का दौरा करते हुए लाहौर में पहुंचे। उन्होंने 1866 ई. में ही लाहौर में आर्य समाज की स्थापना की थी।

जिन दिनों लालाजी लाहौर में पढ़ रहे थे, आर्य समाज की स्थापना

हो चुकी थी। स्वामी जी के प्रयत्नों से सारे पंजाब में नई चेतना और नये जीवन की लहर दौड़ रही थी। पुरानापन ढह रहा था, उसके स्थान पर नयापन जन्म ले रहा था। सहस्त्रों युवक आर्य समाज में सम्मिलित होकर नये जीवन के प्रचार में उत्साह से योग दे रहे थे।

गवर्नमेन्ट कालेज में पढ़ते हुए लालाजी ने आर्य समाज के विद्वानों के भाषण सुने। उनके हृदय पर उन भाषणों का अधिक प्रभाव पड़ा और उन्होंने जुआ खेलने जैसे कई दुर्व्यसनों का त्याग कर दिया। फलतः एक दिन वे भी अपने मित्र लाला हंसराज, स्वामी श्रद्धानंद और गुरुदत्त जी के साथ आर्य समाज में सम्मिलित हो गए। केवल सम्मिलित ही नहीं हो गए, आर्य समाज के प्रचार में योग भी देने लगे और थोड़े ही दिनों में बड़े-बड़े विद्वानों और वक्ताओं के प्रीति भाजन बन गए। वे आर्य समाजियों को मित्र बनाने में गौरव समझते थे। स्वामी दयानन्द के स्वर्गवास पर लाला हंसराज और गुरुदत्त अजमेर गए थे। लालाजी किसी कारणवश अजमेर नहीं जा सके थे। उन्होंने लाहौर में ही शोक-सभा का आयोजन किया था। उन्होंने शोक-सभा में जो भाषण दिया था, वह बड़ा ही क्रान्तिकारी और उत्साहवर्धक था।

स्वामी दयानन्द को वे भगवान की तरह मानते थे

और गुरुकुल कांगड़ी के संस्थापक स्वामी श्रद्धानंद का बड़े भाई की तरह आदर करते थे। पंजाब के दयानन्द एंग्लो वैदिक कॉलेज की स्थापना के लिए भी इन्होंने अथक प्रयास किये थे। स्वामी दयानन्द सरस्वती के अनुयायियों के साथ मिलकर इन्होंने आर्य समाज को पंजाब में लोकप्रिय बनाया। आर्य समाज के सक्रिय कार्यकर्ता होने के नाते उन्होंने दयानंद कॉलेज के लिए कोष इकट्ठा करने का काम भी किया। डी.ए.वी. कॉलेज पहले लाहौर में स्थापित किया। लाला हंसराज के साथ दयानन्द एंग्लो वैदिक विद्यालयों (डी.ए.वी.) का प्रसार किया। लाला लाजपतराय आर्य समाज को माता के समान मानते थे और उन्होंने आर्य समाज को लेकर कई अच्छी पुस्तकें भी लिखी हैं। लाला लाजपतराय ने अपने लेखन का लोहा मनवाया है, इसलिए इन्हें एक ओर जहां शेरे पंजाब कहा जाता है, वहीं ये लोह लेखनी के धनी भी हैं।

महान शिक्षाशास्त्री

लाला लाजपतराय को भारत के महान देशभक्तों में गिना जाता है। आजीवन ब्रिटिश राजशक्ति का सामना करते हुए अपने प्राणों की परवाह न करने वाले लाला लाजपतराय पंजाब केसरी भी कहे जाते हैं। ये भारतीय राष्ट्रीय कांग्रेस के गरम दल के प्रमुख नेता तथा पूरे पंजाब के प्रतिनिधि थे। लालाजी को पंजाब के शेर की उपाधि भी मिली थी। कालान्तर में स्वामी दयानंद के सम्पर्क में आने के कारण लाला जी आर्य समाज के प्रबल समर्थक बन गये। यहीं से इनमें उग्र राष्ट्रीयता की भावना जागृत हुई। लाला जी को पंजाब में वही स्थान प्राप्त था, जो महाराष्ट्र में लोकमान्य तिलक को।

लाला लाजपतराय, बालगंगाधर तिलक और विपिनचंद्र पाल को लाल-बाल-पाल के नाम से जाना जाता है। इन नेताओं ने सबसे पहले भारत की पूर्ण स्वतन्त्रता की मांग उठाई।

लालाजी ने शिक्षा के क्षेत्र में अधिक प्रशंसनीय और व्यापक कार्य किए थे। उन्होंने दयानन्द वैदिक कॉलेज की स्थापना में अपने रक्त को पानी तो बनाया ही था, आर्य समाज की ओर से बालक और बालिकाओं के लिए जगह-जगह पाठशालाएं भी स्थापित की थीं। वे उन पाठशालाओं के चलाने और प्रबन्ध में अपना समय और परिश्रम

लगाते ही थे, अपने पास से धन भी खर्च किया करते थे। वे उनके द्वारा नीति, धर्म और देश प्रेम का प्रचार भी करते थे। उनका प्रयत्न था कि, बालक और बालिकाओं को ऐसी शिक्षा दी जाये, जिससे ये वीर, साहसी और देश प्रेमी बन सकें। लालाजी कई वर्षों तक लुधियाना के एंग्लो संस्कृति कॉलेज में भी मंत्री रहे। इस तरह लालाजी ने सारे पंजाब में शिक्षा के स्वरूप को ही बदल दिया था। उन्होंने पुस्तकालय खोलने पर भी विशेष ध्यान दिया और युवकों को पुस्तकें पढ़ने के लिए प्रेरित किया। वे मानते थे कि पुस्तकों से बढ़कर सच्चा मित्र कोई नहीं हो सकता। पुस्तकों को वे सबसे अच्छा मित्र समझते थे, यही कारण है कि उन दिनों नगर-नगर में पुस्तकालय स्थापित हो गए थे। पंजाब में जो सामाजिक और राजनीतिक क्रान्ति हुई थी, उसे यदि लालाजी की शिक्षा प्रचार का ही फल कहा जाये, तो आश्चर्य नहीं होना चाहिए।

लालाजी ने शिक्षा संबंधी जो कार्य किए, उनका प्रभाव अंग्रेजी सरकार के ऊपर भी पड़ा। सरकार की ओर से भी उनके कार्यों की भूरि-भूरि प्रशंसा की गई। 1902 ई. में लार्ड कर्जन ने शिक्षा के क्षेत्र में भी सुधार करने के लिए एक कमेटी बनाई थी। लालाजी को भी उस कमेटी के सामने गवाही देने के लिए आदरपूर्वक निमंत्रित किया गया

था। लालाजी पहले गैर सरकारी आदमी थे, जिन्हें यह आदर प्रदान किया गया था। उन्हें शिक्षाशास्त्री के तौर पर हमेशा याद किया जाएगा।

लालाजी शिक्षा को आजादी के लिए आवश्यक मानते थे। उन्होंने शिक्षा के प्रचार के लिए जो पाठशालाएं खोली थीं, उनके संचालन में वे अपने पास से भी धन लगाते थे। वे शिक्षण संस्थाओं को धन देने में यह नहीं सोचते थे कि उनके पास कुछ बच रहेगा या नहीं और यदि नहीं, तो उनका क्या हाल होगा? कहते हैं लालाजी ने शिक्षण संस्थाओं को चलाने में अपने पास से पचास हजार रुपये खर्च किए थे। एक प्रकार से वे फकीर हो गए थे।

वे महिला शिक्षा के भी प्रबल समर्थक थे। लालाजी के इस त्याग और इस शिक्षा प्रेम की कौन प्रशंसा नहीं करेगा? भारत के इतिहास में उनके समान पं. मदनमोहन मालवीय के अलावा कोई दूसरा महान पुरुष नहीं मिलेगा, जिसने शिक्षा के प्रचार में अपना अमूल्य समय तो लगाया ही हो, अपनी गाढ़ी कमाई का पचास हजार रुपया भी खर्च किया हो।

राष्ट्रकवि श्री मैथिलीशरण गुप्तजी ने अपनी एक कविता में लिखा है कि सच्चा मनुष्य वही

है, जो मनुष्य के कल्याण के लिए जीवित रहता है और उसी के कल्याण के लिए मृत्यु की गोद में सो जाता है। सच्चे मनुष्य को अपनी नहीं, सदा दूसरों की चिंता रहती है। महर्षि दधीचि सच्चे मानव थे। उन्होंने देवताओं के कल्याण के लिए शरीर की अस्थियों का भी दान कर दिया था। लाला लाजपतराय भी सच्चे मानव थे। उन्होंने महिला उत्थान के लिए अपना सारा धन अर्पण कर दिया था। महिला शिक्षा को वे पुरुषों की शिक्षा से भी अधिक महत्व देते थे और स्वयं महिलाओं को पढ़ने के लिए प्रेरित किया करते थे।

लालाजी शिवजी के प्रतिरूप थे। जैसे शिवजी अपने पास कुछ भी न रखकर दूसरों को सब कुछ दे दिया करते हैं, उसी प्रकार लाला जी भी अपने पास कुछ भी न रख कर दूसरों को सब कुछ दे डालते थे। वे एक जागरूक भारतीय थे, इसलिए देशभर की खबरें भी समाचार पत्रों में प्रतिदिन पढ़ा करते थे और देश में जहां भी उनकी जरूरत महसूस होती थी, वहां वे स्वयं ही समाज सेवा के लिए पहुंच जाते थे।

कांग्रेसी सिपाही

दयानन्द एंग्लो वैदिक कालेज की स्थापना के पश्चात् यदि लालाजी चाहते, तो महात्मा हंसराज की तरह वे भी सुख और शान्ति के साथ जीवन व्यतीत कर सकते थे, पर जो दूसरों के लिये पैदा हुआ हो, वह सुख और शान्ति की नींद कैसे सो सकता है? उसे तो नींद में भी परमार्थ की चिन्ता सताती रहती है। वह तो स्वप्नों में भी केवल लोक कल्याण को ही देखा करता है। इसलिए उन्होंने आर्य समाज के साथ-साथ राजनीतिक संगठनों में भी अपनी भागीदारी निभानी शुरू कर दी थी। वे देश को जल्द से जल्द आजाद होते देखना चाहते थे।

हिसार में लालाजी ने कांग्रेस की बैठकों में भी भाग लेना शुरू कर दिया और धीरे-धीरे कांग्रेस के सक्रिय कार्यकर्ता बन गए। 1892 में वे लाहौर चले गए। उनके हृदय में राष्ट्रीय भावना भी बचपन से ही अंकुरित हो उठी थी। उनकी प्रेरणा से हजारों की संख्या में लोग पीड़ित जनसमुदाय की सेवा करने के लिए तैयार हो गए। वे समाज सेवा में इस कद्र जुट गए कि अधिक परिश्रम करने के कारण बीमार तक पड़ गए, लेकिन अपने कर्तव्य से हटे नहीं। लगभग 4 महीने तक लाला लाजपतराय बिस्तर पर पड़े रहे, फिर भी उन्हें विश्राम करने की आवश्यकता महसूस नहीं होती थी। लालाजी के एक मित्र ने उनसे

डांटते हुए पूछा, "भई, थोड़ा-बहुत आराम किया करो, मानव शरीर को विश्राम भी तो चाहिए, लाला लाजपतराय जी।"

"यह शरीर सेवा करने के लिए मिला है, आराम फरमाने के लिए नहीं।," उत्तर मिला।

"बहुत खूब! लेकिन यदि ऐसा है, तो फिर दिन-रात सेवा ही करते रहिए न। रात में शयन भी क्यों करते हैं? खाना-पीना, हंसना-बोलना, सब कुछ छोड़ दीजिए।"

"जीवित रहने के लिए जो आवश्यक है," गंभीर हो गए थे लाला जी, "वह तो करना ही पड़ेगा।"

"देखो भाई, मैंने यह बात सुनी है कि तुम वकालत भी छोड़ने और देश-सेवा का व्रत लेने जा रहे हो।"

"प्रिय मित्र! कल की सभा में मेरी श्रीमती जी भी उपस्थित थीं और मैंने तो उन्हीं के सामने सभा में घोषणा कर दी कि मैं धीरे-धीरे वकालत छोड़ने जा रहा हूं और फिर देश-सेवा में ही अपना अधिकांश समय व्यतीत करूंगा, मैंने यह निर्णय सोच-समझकर लिया है।"

"मेरे प्रिय मित्र लाजपतराय! जरा सोचो आपके परिवार का क्या होगा? अब तो तुम्हें अपने दो पुत्र, एक पुत्री एवं पत्नी के अतिरिक्त अपने माता-पिता एवं अन्यान्य कुटुम्बी जनों की भी देखभाल करनी है। यदि यही सब करना था तो पिताजी को नौकरी छोड़ने के लिए आपने बाध्य क्यों किया? कम-से-कम अपनी नौकरी से वे अपने दो प्राणी का तो गुजारा आराम से चला लेते।"

"दोस्त, बस, अब और अधिक उपदेश देने की कोई आवश्यकता नहीं। उपदेश देने में तो बहुत लोग कुशल होते हैं, लेकिन उनका पालन करने में यदि कुशलता दिखाई जाए तो सारी दुनिया पल भर में ही

सुधर जाए। जानते भी हो मैंने अपने पिताजी से आज्ञा ले ली है। शुरू में तो वह भी असमंजस व सोच-विचार में पड़ गए थे परंतु अंत में मेरे साग्रह निवेदन करने पर उन्हें भी पिघलना पड़ा। माताजी तो मेरी हर बात को मान लेती हैं और बिना सोचे-समझे कह देती हैं "तुम जो कुछ कर रहे हो, सब ठीक है।"

"लालाजी, आपने अपनी जीवन-संगिनी से भी कुछ पूछा व परामर्श लिया?"

"अरे भाई, उनसे क्या पूछूं। वे तो हमेशा हमसे रूठी ही रहती हैं। उनका कहना है कि आप अपने घर एवं बच्चों के प्रति समुचित रूप से कर्तव्य-पालन नहीं करते, अपनी कमाई का अधिकांश रुपया इधर-उधर लुटा देते हो।"

"तो वह गलत क्या कहती हैं। वास्तव में जितना समय तुम सार्वजनिक कार्यों में देते हो और जितनी संपत्ति तुम सार्वजनिक कामों में व्यय करते हो तथा जितना ध्यान तुम्हारा आर्य समाज जैसी संस्था में लगा रहता है, उतना ध्यान अपने घर-परिवार की ओर देते हो क्या?"

दोनों का वार्तालाप चलता रहा, लेकिन फिर दोनों उठे और एक फंक्शन हाल की ओर चल पड़े, क्योंकि उस दिन भारतीयता और स्वतंत्रता पर एक संगोष्ठी थी और लालाजी को उस संगोष्ठी को संबोधित करना था। लाला जी संगोष्ठी में समय पर पहुंचे और उन्होंने संगोष्ठी को संबोधित करते हुए कहा, "हमारा सबसे बड़ा कर्तव्य आज देश को आजाद कराना है और सच्ची आजादी तभी मिलेगी जब हम समाज सेवा को अपना ध्येय बना लें, क्योंकि बिना समाज सेवा के आजादी की कल्पना संभव नहीं। यदि आजादी मिल जाए और लोग एक-दूसरे के साथ प्रीत न रखें तो ऐसी आजादी किस काम की।"

भारतीय

उनकी बातों का जोरदार तालियों के साथ स्वागत हुआ था। और उन्होंने अपनी बात जारी रखी थी।

"हम सभी चाहते हैं कि देश स्वतंत्र हो जाए, लेकिन अंग्रेज चले जाएंगे और काले अंग्रेजों का शासन हो जाएगा, तब कुछ नहीं बदलेगा, इसलिए मैं चाहता हूं कि देश में महान परिवर्तन की जरूरत है। यदि परिवर्तन नहीं होता, तो आजादी किस काम की। हमें पूर्ण आजादी चाहिए और आजादी का मतलब है, सबको रोटी, कपड़ा और मकान के साथ-साथ आत्मिक शांति और सुखी जीवन।"

उनकी बातों पर एक बार फिर तालियां गूंज उठी थीं।

शेर की दहाड़

अब तो लालाजी खुलकर अंग्रेजों के खिलाफ प्रदर्शनों में भी भाग लेने लगे थे। कांग्रेस के सबसे सक्रिय सदस्य बन गए थे। 1888 के कांग्रेस के प्रयाग सम्मेलन में वे मात्र 23 वर्ष की आयु में शामिल हुए थे। कांग्रेस के लाहौर अधिवेशन को सफल बनाने में आपका ही हाथ था।

बनारस कांग्रेस अधिवेशन के शुभ अवसर पर यद्यपि कांग्रेस के प्रधान गोपाल कृष्ण गोखले थे और प्रारंभ में गर्म और नर्म दोनों दलों की ओर से उनका शानदार स्वागत भी किया गया था, तथापि विषय निर्धारिणी समिति में पेश किए गए। प्रथम प्रस्ताव पर ही दोनों पक्षों में मुठभेड़ हो गई और सभी आपस में ही एक-दूसरे की आलोचना करने लगे। लाला लाजपतराय ने स्वयं लिखा है, "विषय निर्धारिणी समिति में प्रथम प्रस्ताव पर ही टक्कर हो गई। इस प्रस्ताव द्वारा युवराज (प्रिंस ऑफ वेल्स, जो बाद में सम्राट जार्ज पंचम बने) का भारत आगमन पर स्वागत किया गया था। मैंने इसका विरोध किया। देश में भीषण

अकाल पड़ा है; चारों ओर हाहाकार मचा हुआ है और लोग भूखों मर रहे हैं। इसके अतिरिक्त लार्ड कर्जन के शासन ने भारी असंतोष उत्पन्न किया था। ऐसे अवसर पर युवराज को आमंत्रित करना नौकरशाही की चालाकी थी। उनका वास्तविक उद्देश्य यह था कि जनता का ध्यान राजनीतिक असंतोष से हटकर जुलूसों और तमाशों की ओर लग जाए। बाल गंगाधर तिलक ने मेरा समर्थन किया। वाद-विवाद में काफी समय लग गया। कांग्रेस के सभी पुराने नेता हमारे विरुद्ध थे। केवल बंगाल, पंजाब तथा महाराष्ट्र वाले हमारे साथ थे।" इस प्रकार जब गोपाल कृष्ण गोखले ने देखा कि लाला लाजपतराय भी प्रस्ताव का विरोध कर रहे हैं और अधिक सम्भव है कि ये भी उग्रवादियों के साथ में सांठ-गांठ कर लें। तब उन्होंने व्यक्तिगत रूप से अपील की, "जब उन्होंने मुझे दृढ़ ही पाया तो मुझसे व्यक्तिगत प्रार्थना की और अनुरोध किया कि मेरी खातिर आप विरोध छोड़ दें। मैं इस पर सहमत हो गया और मैंने उन्हें वचन दिया कि जब तक यह प्रस्ताव चलेगा, हम सभा से अनुपस्थित रहेंगे, जिससे हमें उनका विरोध न करना पड़े। समझौता यह हुआ कि कागजों में यह न लिखा जाएगा कि प्रस्ताव सर्वसम्मति से स्वीकृत हुआ।"

और लाला लाजपतराय ने बालगंगाधर तिलक से भी प्रार्थना की कि वे विरोध करना छोड़ दें। फलस्वरूप स्वागत वाला प्रस्ताव भी पास हो गया। अंततोगत्वा विरोधपूर्ण परिस्थिति में ही अधिवेशन की समाप्ति भी हुई। सन् 1905 ई. में बंगाल का विभाजन हो गया। विश्वविद्यालयों के कानून भी पारित हो गए। और इधर स्वदेशी आंदोलन ने जोर पकड़ा और अंग्रेजी कपड़ों का बहिष्कार किया जाने लगा।

उन्होंने देश-भर में स्वदेशी वस्तुएं अपनाने के लिए अभियान

चलाया। अंग्रेजों ने जब बंगाल का विभाजन कर दिया तो लालाजी ने सुरेंद्रनाथ बनर्जी और विपिनचंद्र पाल जैसे आंदोलनकारियों से हाथ मिला लिया और अंग्रेजों के इस फैसले का जमकर विरोध किया। 3 मई, 1907 को ब्रितानिया हुकूमत ने उन्हें रावलपिंडी में गिरफ्तार क़र लिया। बंदी होने के बाद भी लालाजी आजादी के लिए लगातार संघर्ष करते रहे।

लाला जी कारागार में भी खाली समय नहीं रहते थे, वह हर समय चिंतन करते रहते थे कि देश को आजादी किस प्रकार मिल सकती है और अधिकांश समय लेखन में बिताते थे। जेल की भयंकर यातनाओं से कभी नहीं घबराए और जेल को तो वे अपना घर मानते थे। उनका कहना था कि आजादी बिना जेल जाए और कष्ट सहे नहीं मिल सकती। हालांकि वे तो यहां तक भी कहते थे कि जरूरत पड़ी तो वे अपना बलिदान तक दे देंगे, लेकिन कभी पीछे नहीं हटेंगे।

निर्वासन का उपहार

लाजपतराय के सादगी और उदारता भरे जीवन की जितनी प्रशंसा की जाए कम है। उन्होंने अशिक्षित गरीबों और असहायों की बड़ी सेवा की थी। इस क्षेत्र में अंग्रेजी सरकार बिल्कुल ध्यान नहीं देती थी।

गोपाल कृष्ण गोखले के साथ एक प्रतिनिधिमंडल में लाला जी इंग्लैंड गए। वहां से जापान जाने में अपने देश का हित देखा तो चले गए। लाला जी कहीं भारतीय सैनिकों की भर्ती में व्यवधान न खड़ा कर दें, इसलिए सरकार ने उनको भारत आने की अनुमति नहीं दी। 1907 में उन्हें 6 माह का निर्वासन सहना पड़ा था। वे कई बार इंग्लैंड गए जहां उन्होंने भारत की स्थिति में सुधार के लिए अंग्रेजों से विचार-विमर्श किया। प्रथम विश्व युद्ध के समय लाला जी ने अमेरिका जाकर वहां के जनमत को अपने अनुकूल बनाने का भी सराहनीय प्रयास किया था। लालाजी ने अमेरिका पहुंचकर वहां के न्यूयॉर्क शहर में अक्टूबर, 1917 में इंडियन होम रूल लीग नाम से एक संगठन की स्थापना की। उन्होंने तरुण भारत नामक एक देशप्रेम तथा नवजागृति से पूर्ण पुस्तक लिखी थी, जिसे ब्रिटिश सरकार ने प्रतिबंधित कर दिया था। अमेरिका में उन्होंने यंग इंण्डिया नामक मासिक पत्र भी निकाला। इसी दौरान उन्होंने भारत का इंग्लैंड पर ऋण, भारत के लिए आत्मनिर्णय आदि

पुस्तकें लिखीं, जो यूरोप की प्रमुख भाषाओं में अनूदित हो चुकी हैं। उनके लेखन का लोहा बड़े-बड़े विद्वान मानते थे और उनकी रचनाएं आज भी युवकों को प्रेरणा देती हैं। उनकी रचनाएं ध्यान लगाकर अंग्रेज भी पढ़ते थे, लेकिन वे उनमें केवल यही देखते थे कि कहीं अंग्रेजों के खिलाफ षड्यंत्र की बू तो उनमें नहीं है।

लालाजी परदेस में रहकर भी अपने देश और देशवासियों के उत्थान के लिए काम करते रहे, फिर वह अमेरिका चले आए थे। वहां भारतीय स्वतंत्रता के लिए अमेरिकी सरकार और जनता की सहानुभूति पाने के लिए प्रयत्न किए। अपने चार वर्ष के प्रवास काल में उन्होंने इंडियन इन्फार्मेशन और इंडियन होम रूल लीग संस्थाएं सक्रियता से चलाईं। लोक सेवक मंडल स्थापित करने के साथ वह राजनीति में और सक्रियता से आए।

आजादी की जंग में पंजाब के किसानों और जाटों का योगदान हमेशा याद रखा जाएगा। देश-भर के किसान अपनी समस्याओं को लेकर त्रस्त थे। ऐसे समय में पंजाब के किसानों ने कृषक आंदोलन के लिए अपना एक मंच तैयार कर लिया। लाहौर में ब्रिटिश विरोधी उग्रवादियों ने सामान्य जनता में अंग्रेजी शासन के विरुद्ध असंतोष उत्पन्न करने हेतु "भारत माता" नामक एक क्रांतिकारी संस्था की स्थापना कर डाली। सर्वश्री अजीत सिंह एवं सूफी अम्बाप्रसाद "भारत माता" के प्रमुख कर्णधार बने। जगह-जगह विशाल जन-सभाएं आयोजित की जाने लगीं और बड़े-बड़े नेताओं के भाषण होने लगे। इसी सिलसिले में एक अनहोनी घटना भी घट गई। रावलपिंडी में एक आम सभा का आयोजन किया गया। उस सभा में "भारत माता" के प्रमुख कर्णधार अजीत सिंह मुख्य वक्ता के रूप में आमंत्रित किए गए। गुरुदास राय

साहनी उस सभा के सभापति बनाए गए तथा उनके भाई, हंसराज एवं वहां के दो अन्य वकील जानकीनाथ कौल एवं खजान सिंह ने भी उसमें अपने-अपने व्याख्यान दिए। उन्होंने बड़े ही ओजस्वी शब्दों का इस्तेमाल किया, लेकिन उनके एक-एक शब्द को लिपिबद्ध किया जा रहा था। सर्वसम्मति से अमोलकराय को, जो रावलपिंडी बार के एक प्रमुख सदस्य थे, उस सभा का संयोजक बनाया गया। इस प्रकार रावलपिंडी के जितने भी प्रमुख देशभक्त वकील थे, सबने प्रत्यक्ष या अप्रत्यक्ष रूप से उस आम सभा में हाथ बंटाया। परिणाम यह हुआ कि पांचों प्रमुख सज्जनों से डिस्ट्रिक्ट मजिस्ट्रेट ने प्रश्न किया कि इस प्रकार की क्रांतिकारी सभा में हाथ बंटाने के कारण आप सबों की वकालत के लाइसेंस क्यों न छीन लिए जाएं?

क्रांति हमेशा परिवर्तन के लिए होती है और देश में उस समय परिर्वतन की लहर चल रही थी। यही कारण है कि इस प्रकार की नोटिस निकलते ही पूरे पंजाब में क्रांति की लहर दौड़ गई। कुछ लोगों ने डिप्टी कमिश्नर एवं डिस्ट्रिक्ट जज की कोठी में घुसकर बहुमूल्य सामानों को भी नष्ट-भ्रष्ट किया। फलतः दूसरे दिन लाला हंसराज, लाला अमोलकराय तथा लाला गुरदासराय आदि प्रमुख नेतागण गिरफ्तार कर लिए गए। बहुत प्रयास करने के बावजूद लोगों की जमानत के प्रार्थना-पत्र स्वीकार नहीं किए गए। इसी हंगामे के सिलसिले में डिस्ट्रिक्ट मजिस्ट्रेट ने लाला लाजपतराय को वार्तालाप करने के लिए अपने पास बुलाया। वहां जाने के उपरांत उनसे डिस्ट्रिक्ट मजिस्ट्रेट की क्या-क्या बातचीत हुई, उसके संबंध में लाला लाजपतराय के ही शब्दों में जान लिया जाए –

"मजिस्ट्रेट ने आज्ञा दी कि कोई सार्वजनिक सभा न की जाए और न कोई भाषण दिया जाए। यदि सभा की गई तो ये सब उत्तरदायी होंगे।

लाला हंसराज ने कहा कि हम आज्ञा का पालन करेंगे और हमें उपद्रवों के लिए खेद है। सुपरिंटेंडेंट पुलिस मेरी ओर मुड़कर कहने लगा कि यदि सभा हुई तो उसके लिए आपका व्यक्तिगत उत्तरदायित्व होगा। मैंने उत्तर दिया कि मुझे कुछ-कुछ कानून का भी ज्ञान है और मैं अपना उत्तरदायित्व भली प्रकार समझता हूं। डिस्ट्रिक्ट मजिस्ट्रेट गुस्से से लाल होकर बोला – "चले जाओ, मैं इस प्रकार की बातें सुनना नहीं चाहता।"

और इस बात में कोई अतिशयोक्ति नहीं कि उसी दिन से लाला लाजपतराय अंग्रेजों के मुख्य निशाने पर आ गए थे।

उस समय के चीफ कोर्ट के एक रजिस्ट्रार के ये मूल शब्द ज्यों के त्यों इस प्रकार हैं, "सारी शरारत की जड़ तो अभी स्वतंत्र घूमती-फिरती है, परंतु चिरकाल तक वह स्वतंत्र न रह सकेगी।" जब लाला लाजपतराय को इस बात की सूचना मिल गई, तो वह भी अंग्रेज अफसरों से बहुत चौकन्ना रहने लगे और अपने मित्र-बंधुओं को समझाने-बुझाने के पश्चात् उन्होंने अपने पिताजी को एक पत्र लिखा, "चाहे जो भी हो और मुझ

पर भीषण से भीषण विपत्ति क्यों न आए, आप कदापि अधीर न हों। जो आग से खेलता है, कभी-कभी अपना मुख जलाने का अवसर भी आ पड़ता है। शासकों की कार्यवाहियों की आलोचना करना आग से खेलने के समान है। यदि मुझे कोई भी चिंता है, तो इस विचार से कि इसमें आपको कष्ट होगा, अस्तु, कृपया आप मुझे इस बात का विश्वास दिलाएं कि मेरी गिरफ्तारी से आप तनिक भी नहीं घबराएंगे। कुछ भी हो, यह समय कायरता दिखलाने का नहीं है। उसे वीरों की भांति सहन करना चाहिए। जब हंसराज, गुरदासराय तथा अमोलकराय बंदीगृह में हैं, तो मेरी स्वतंत्रता निरर्थक है।" और वस्तुतः दिनांक 9 मई, 1907 को 1818 के रेग्यूलेशन की धारा 3 के अधीन लाला लाजपतराय गिरफ्तार कर लिए गए। कचहरी जाने का समय था और ड्राइवर गैरेज से गाड़ी निकालने जा रहा था कि इसी बीच दूसरा व्यक्ति सूचना लेकर आया, "अनारकली पुलिस के इंस्पेक्टर तथा सिटी पुलिस के मुंशी रहमतुल्ला आपसे मिलने बाहर खड़े हैं।"

लाला लाजपतराय ने कहा, "उन्हें अंदर बुला कर ले आओ।"

इंस्पेक्टर साहब आए और आते ही उन्होंने सूचना दी, "कमिश्नर साहब तथा डिप्टी कमिश्नर साहब किसी खास काम से आपसे मिलना चाहते हैं। कृपया आप उनसे पहले भेंट कर लें, इसके पश्चात् किसी दूसरे कार्य के लिए प्रस्थान करें।"

लाला लाजपतराय तो समझ ही रहे थे कि उनके पीछे बहुत से दानव पड़े हुए हैं, फिर भी वे डिप्टी कमिश्नर साहब से भेंट करने चल दिए और पुलिस इंस्पेक्टर एवं सिटी पुलिस के लोग भी उन्हीं की गाड़ी में बैठ गए। गाड़ी स्टार्ट होकर चल दी और डिस्ट्रिक्ट पुलिस के दफ्तर पहुंच गई। वहां अंग्रेज डिप्टी कमिश्नर अपनी कुर्सी पर बैठे थे। साक्षात्कार

होते ही अभिवादन के उत्तर में उसने गवर्नर जनरल इन कौंसिल के वारंटों द्वारा लाला लाजपतराय को उनके निर्वासन की आज्ञा सुना दी। लालाजी तुरंत बंदी बना लिए गए और किसी से भेंट करने की भी इजाजत नहीं दी गई। उसी समय लालाजी को लाहौर पुलिस छावनी की जेल में ले जाकर बंद कर दिया गया। छावनी की उस एकांत कोठरी में लाला लाजपतराय ने किस प्रकार अपना आत्म-निरीक्षण किया, वह तमाम देशभक्त नागरिकों के लिए आज भी प्रेरणादायक एवं स्मरणीय है। लालाजी के शब्दों में उनके विचार थे, "अपनी गिरफ्तारी के आधे घंटे पश्चात् एकांत में बैठकर मुझे अपने भविष्य पर विचार करने का अवसर मिल गया। कारागार की लकड़ी की खटिया पर बैठकर मैंने आत्म-परीक्षा प्रारम्भ कर दी। सर्वप्रथम तो मैंने ईश्वर का लाख-लाख शुक्रिया अदा किया कि मेरी गिरफ्तारी तथा वियोग के समय मेरे पिता, मेरी पत्नी अथवा मेरे बच्चे आदि कोई उपस्थित नहीं थे, अन्यथा उनको अपार कष्ट पहुंचता। दूसरी बात, जिस के लिए मैंने ईश्वर को धन्यवाद दिया, वह यह थी कि मेरी मां का स्वर्गवास हो चुका था। मुझे पिताजी के लिए भी दुःख था, परंतु मेरा दृढ़ विश्वास था कि वह अपने हठ की शक्ति तथा सहनशील स्वभाव के कारण इस दुःख को सहन कर लेंगे। मुझे अपनी पत्नी तथा बच्चों के विषय में भी कोई चिन्ता न थी, क्योंकि मेरे पिता उनके संरक्षक थे। अपने मन को परिवार की चिंता से मुक्त करने के बाद मैंने अपने निजी नैतिक तथा मानसिक शक्तियों का विश्लेषण प्रारंभ कर दिया और मुझे प्रतीत हुआ कि निराशा का कोई कारण नहीं है। शैशवावस्था से ही ईश्वर के प्रति प्रेम पर मुझे पूर्ण विश्वास रहा है।

"अतः मैंने समझ लिया कि अब बुरी-से-बुरी परिस्थिति में उसी विश्वास की कृपा से मजबूत रह सकूंगा। इस आत्म-परीक्षा के अनन्तर

मैंने अपने ईश्वर से प्रार्थना की कि मुझे विपत्ति सहन करने के लिए शक्ति तथा स्थिरता प्रदान करे और उन सारे प्रलोभनों से मेरी रक्षा करे, जिनके कारण किसी प्रकार भी मातृभूमि के पवित्र उद्देश्य को तनिक भी हानि पहुंचने की संभावना हो।"

अभी लाला लाजपतराय अपने आत्म-शोधन में लगे ही थे कि एकाएक पुलिस इन्स्पेक्टर आ धमका। उसी समय उसने लालाजी को अपनी गाड़ी में बैठाया और रेलवे स्टेशन की सैनिक साइडिंग पर ले गया। एक स्पेशल ट्रेन पहले ही से वहां पर लाला लाजपतराय की प्रतीक्षा कर रही थी। इधर-उधर देखकर धीरे से लालाजी को गाड़ी में बैठा दिया गया और खिड़कियां बन्द कर दी गईं। गाड़ी ने सीटी दी और हिन्द केसरी ने अपनी मातृभूमि को प्रणाम किया। इस प्रकार विविध यातनाओं को सहर्ष सहन करते हुए उस महान साधक ने माण्डले की धरती का दर्शन किया। चारों ओर हल्ला हुआ कि हिन्द केसरी को भी निर्वासन की सजा मिली है। लेकिन किसकी कौन सुनता है! भारत माता का एक और अनोखा लाल लाला लाजपतराय माण्डले की काल कोठरी में बन्द कर दिया गया। लाला लाजपतराय को एक छोटे से कमरे में रखा गया जिसमें मेज, कुर्सियां, तिपाइयां, कपड़े टांगने की एक आलमारी, एक मच्छरदानी एवं एक चारपाई दी गई। परंतु रुचिकर खाद्य सामग्री का अभाव, पढ़ने के लिए कोई समाचारपत्र नहीं, किसी से मिलने-जुलने की भी इजाजत नहीं, खुली हवा में घूमने की आज्ञा तो मिली परंतु चारों ओर से लालाजी पर अकुंश लगा दिया गया था।

नाई के लिए हुज्जत, रसोइया के लिए कहा-सुनी होती रहती थी और अथक प्रयासों के पश्चात कमरे में प्रकाश के लिए सिर्फ दो मोमबत्तियां लालाजी को मिलती थीं। कपड़ों, दवाई एवं अन्य आवश्यक वस्तुओं के लिए भी लालाजी को सरकारी नौकरों की खुशामद करनी

पड़ती थी। इस प्रकार 3-4 महीने तक अतिशय कष्ट झेलने के पश्चात् लाला लाजपतराय को पढ़ने-लिखने की कतिपय सुविधाएं प्रदान की गईं। यहीं लालाजी ने अनेक ग्रन्थों का अध्ययन किया। इस सम्बन्ध में लाला लाजपतराय ने स्वयं ही लिखा भी है –

"भगवान कृष्ण तो मेरे साथ व्यावहारिक नीति की बातें अमर शब्दों में किया करते थे और शीराज का विख्यात कवि प्रेम तथा तज्जनित दुःख के विषय में अपना काव्य सुनाते। मेरे विचार में मेरे कष्टों का कारण भी तो सिद्धान्त-प्रेम तथा देश-प्रेम ही थे। अतः हाफिज की वाणी तथा आर्तनाद सीधे मेरी हृदय-तंत्री को स्पर्श करते थे और मुझे सान्त्वना प्रदान करते थे। कारावास में मुझे जैसा आनन्द हाफ़िज़ के अध्ययन में आया, वह बाल्यकाल में जब मैं पिताजी से उसे पढ़ता था, कभी नहीं आया था।" कभी-कभी लाला लाजपतराय आत्म-विश्लेषण के सहारे अपनी मनोव्यथा को दूर करने का भी यथेष्ट प्रयास किया करते थे। वे एक सिद्धहस्थ लेखक थे।

इस सम्बन्ध में उनकी 13 जुलाई की डायरी से जो आभास मिलता है, वह आज भी तमाम देश-भक्त नागरिकों के लिए प्रेरणा का स्रोत है और भविष्य में भी रहेगा – "शनिवार, 13 जुलाई को प्रार्थना के समय मेरे मन को शान्ति नहीं थी। भरसक प्रयास करने पर भी मन उद्विग्न रहा। मैंने कई बार अपने आपसे कहा, "भगवान ने तुम्हें प्रार्थना, आराधना, चिन्तन, स्वाध्याय तथा साहित्यिक कार्य का सुअवसर प्रदान किया है। अपनी चिन्ताओं तथा आकांक्षाओं को त्यागकर और प्रभु के कृतज्ञ बनकर तुम उस शुभ अवसर से लाभ क्यों नहीं उठाते? तुम्हें अपनी सन्तान से इतना मोह कभी नहीं था कि वह इस कार्य में बाधित हों, फिर चिन्तित व दुःखी होने का कारण क्या है? जो व्यवहार तुम्हारे साथ हुआ है, किसी प्रकार की भी कोई विचित्रता लिए हुए अथवा कुछ

भी असाधारण नहीं है। इसी मार्ग में सहस्रों महिला-पुरुषों ने इससे भी कहीं अधिक कष्ट झेले हैं। सुकरात जैसे ने तो सत्य के लिए अपने प्राण तक त्याग दिए, फिर यह भीरुता क्यों? संसार में तो स्वार्थ का ही बोलबाला है। अपने स्वार्थ के लिए प्रत्येक व्यक्ति दूसरों को दबाता है। अंग्रेज लोग भी वैसा ही कर रहे हैं। वह देवता नहीं कि सच्चे तथा न्यायशील बन सकें। संसार का सर्वदा यही चलन रहा है।"

इस प्रकार आत्म-निरीक्षण, आत्म-विश्लेषण एवं आत्म-शोधन आदि के सहारे लाला लाजपतराय शान्तिपूर्वक अपना समय व्यतीत करने लगे।

जेल में उनके भोजन के विषय में जब पूछा गया, तो लाजपतराय ने उत्तर दिया कि वह तो साधारण पंजाबी खाना पसन्द करते हैं, लेकिन जब तक उसका प्रबन्ध नहीं हो जाता, उन्हें योरोपियन ढंग का खाना दिया जाए। अपने तमिल नौकर को सुपरिन्टेन्डेन्ट ने लाजपतराय के लिए खाना तैयार करने की आज्ञा दी। इस एंग्लो तमिल रसोइए के हाथ का खाना खाकर उनकी इच्छा

पंजाबी रसोइए के बनाए हुए पंजाबी खाने के लिए प्रबल होती जाती थी। उनको अधिकारियों ने कह दिया कि वे पंजाबी रसोइया देना ही नहीं चाहते।

छः सप्ताह माण्डले में रहने के बाद जो स्मरण-पत्र उन्होंने मेमोरियल वायसराय के नाम भेजा था, उसमें अन्य बातों के अतिरिक्त अपने इच्छानुकूल खाने की मांग भी की गयी थी। डिप्टी कमिश्नर ने उनसे मुलाकात की और पूछा कि आपको कोई शिकायत तो नहीं? उन्होंने उत्तर में पंजाबी भोजन की प्रार्थना की पुनरावृत्ति की, लेकिन इस अधिकारी महाशय को यह विश्वास नहीं होता था कि एक मद्रासी रसोइया पंजाबी ढंग का खाना तैयार नहीं कर सकता, यद्यपि यह महाशय स्वयं एक पंजाबी सिविलियन के पुत्र थे और कई वर्ष पंजाब में निवास कर चुके थे। पूरे पांच मास के अनन्तर उनको यह समाचार सुनाया गया कि उनके लिए पंजाबी रसोइया रख लिया गया है। यह एक बूढ़ा सिख निकला, जो बर्मा चला आया था, कारण कि उसका एक भाई वहां सेना में नौकर था। वह भी काम तथा आजीविका की खोज में उधर आया था। लाजपतराय सोचते थे कि सम्भवतः खुफिया पुलिस वालों ने उसे यह काम दिलवा दिया होगा, परन्तु उनकी शंका दूर हो गयी। वह सिख एक सच्चा तथा सीधा सादा पंजाबी जाट था, जिसे ज़माने की हवा नहीं लगी थी। उसने अपने जीवन में कभी भी किसी के लिए खाना तैयार नहीं किया था। शीघ्र ही रसोइए तथा उसके बन्दी स्वामी पर स्पष्ट हो गया कि वह प्रबन्ध न असन्तोषजनक है, प्रत्युत नितान्त खराब एवं हास्यास्पद है। सिख जाट की स्पष्टवादिता तथा सादगी दिखलाते हुए रसोइए ने स्वीकार कर लिया कि मैंने आप जैसे महापुरुष के दर्शनों के लिए यह नौकरी की है, मेरा कोई अन्य उद्देश्य नहीं। खाना पकाने में तो मैं नितान्त कोरा हूं। पंजाबी खाने का प्रयोग बिल्कुल असफल रहा

तथा दो दिन के बाद फिर उसी तमिल रसोइये के खाने से सन्तोष करना पड़ा, जो उस पंजाबी खाने की अपेक्षा कहीं रुचिकर तथा स्वादिष्ट था। सुपरिन्टेन्डेन्ट की कोठीवाले दो कमरों में तो लाजपतराय सिर्फ प्रथम दो दिन ही रहे, उसके पीछे वह पी. डब्ल्यू. डी. के राजप्रासाद की नहर के पार, शाही बाग के उत्तरवाले बंगले में चले गए। इस बंगले तथा शाही बाग के मध्य में एक पक्की सड़क थी। सुपरिन्टेन्डेन्ट ने कह दिया था कि वह अहाते में कांस्टेबलों की देखरेख में घूम फिर सकते हैं। जिन दिनों लाला जी उस पहले वाली कोठी में थे, सभी भारतवासी विशेषतः पंजाबी पथिक उस ओर से होकर जाने वाले उनके दर्शन किया करते थे तथा उनका सम्मानपूर्वक अभिवादन करते थे।

नया बंगला, लकड़ी तथा ईंटों का बना हुआ आधुनिक ढंग का दो मंजिला भवन था। इसकी दोनों मंज़िलें दो भागों में बंटी हुई थीं, जहां दो परिवार रह सकते थे। लाजपतराय को ऊपरवाला पश्चिमी भाग दिया गया। इसमें कुछ कमरे तथा एक बरामदा और स्नानागार थे, जो अहाते के साथ लकड़ी की सीढ़ी से सम्बद्ध थे। पहरेवाले यूरोपियन सार्जेण्ट का सीढ़ियों के नीचे ही बिस्तर तथा मेज़ थी जिससे उनके जाने बिना सीढ़ियों पर चढ़ा या उतरा जा सकता था। कमरे में एक खाद्य सामग्री की आलमारी, एक खाने की मेज़, एक पढ़ने की मेज़, एक आराम कुर्सी, दो दफ्तरी कुर्सियां, कपड़े टांगने की एक आलमारी तिपाइयां तथा मच्छरदानी लगी हुई एक चारपाई थी। गलीचे के छः छः इंच चौड़े तीन टुकड़ों के अतिरिक्त फर्श बिल्कुल खुला हुआ था। दक्षिणी रसोइए के अलावा, बन्दी के अन्य कामों के लिए 25 रु. मासिक पर एक अन्य नौकर भी लगाया गया। उनके कपड़े धोने के लिये एक धोबी रखा गया। दिन में दो बार भिश्ती आते थे। उनको प्रकाश के लिए दो मोमबत्तियां दी गयीं। कुछ दिन बाद उन्होंने पढ़ने के लिए लैंप

मांगा और वह उनको दे दिया गया। कुछ वस्तुएँ कैदी के अपने निजी खर्च पर दी जाती थीं और कइयों को सुपरिन्टेन्डेन्ट विलास सामग्री अथवा अनावश्यक कह कर अस्वीकार कर देता था। लाला जी को ऐसी अस्वीकृति से कुछ न कुछ परेशानी अवश्य होती थी। "मैंने पहले सुपरिन्टेन्डेन्ट को भलामानस समझा। उसके सीधे-सादे रंग-ढंग तथा सरल अकृत्रिम जीवन को देख कर मैंने उसे दयालु हृदय अंग्रेज़ समझा था", लालाजी लिखते हैं।

उनको सुपरिन्टेन्डेन्ट ने यथोचित व्यवहार तथा पूरे ध्यान का विश्वास दिलाया था। उसने निजी पुस्तकें पढ़ने को दीं, जस्टिस मैकार्थी की "स्मृतियां" तथा एंग्लो-बर्मी पाठ्य पुस्तक देते हुए उसने यह भी सुझाया कि आप बर्मी भाषा सीखने में अपना समय लगाया करें।" लेकिन तुरंत ही परिस्थिति बदल गयी। इस बात का सुपरिन्टेन्डेन्ट को कुछ भी ज्ञान न था कि लाजपतराय पंजाब प्रान्त के कितने महत्त्वपूर्ण व्यक्ति हैं। नगर का सुपरिन्टेन्डेन्ट पुलिस भी उनकी सुरक्षा में साझीदार था तथा वह समझता था कि बन्दी की रक्षा आदि का बोझ मेरे सिर पर है। उसका एक खानसामा लोभी-सा व्यक्ति था, जो सदा बन्दी के धन से अपनी मुट्ठी गर्म करने को उत्सुक रहता था।

तभी एक गम्भीर मामले पर झगड़ा खड़ा हो गया, "एक नाई को हर दूसरे दिन मेरी हजामत करने को कहा गया। प्रथम मास की समाप्ति पर नाई मेरे पास आया और अपना वेतन माँगने लगा। मैंने कहा कि सुपरिन्टेन्डेन्ट जेल ही पैसे देगा जिसने काम पर लगाया है। मैंने उसे साहब से पूछ लेने तक प्रतीक्षा करने को कहा। 9 जुलाई को साहब ने मुझसे पूछा कि आपने नाई के पैसे क्यों नहीं दिए? मैंने कहा कि मैं समझता हूं कि उसको पैसे सरकार देगी; क्योंकि 1818 के रैग्यूलेशन 3 के अधीन मेरे पद के अनुकूल मेरा खर्चा देने को वह बाधित है। वह

भलामानस इतने शब्दों से ही बिगड़ उठा और व्यंगपूर्वक कहने लगा कि मुझे तो किसी ऐसे कानून के बारे में जानकारी नहीं है। उसने यह भी कहा कि हजामत भी एक विलास सामग्री है, जिसके लिए सरकार पैसा खर्च नहीं कर सकती, क्योंकि आपके लिए हजामत कराना आवश्यक नहीं है। इस देश के रीति-रस्मों के ज्ञान से मुझे प्रभावित करने के लिए वह बोला कि एक मुसलमान के कभी-कभी अपने सिर की हजामत करवाने पर अनुरोध की बात तो समझ में आ सकती है, परन्तु आप तो हिन्दू हैं, आपके लिए दाढ़ी की हजामत किस प्रकार आवश्यक है? उसने पूछा "आप दाढ़ी क्यों नहीं रख लेते? क्या आप घर में दाढ़ी नहीं रखते थे? (कई आर्य समाजी मित्रों की तरह, वह कुछ काल तक दाढ़ी रखते थे, परन्तु वह तो निर्वासन से कई वर्ष पूर्व की बात है) क्या घर में भी नाई से हजामत करवाया करते थे?" मेरे उत्तर की प्रतीक्षा किए बिना ही उसने इस प्रकार के कई प्रश्न पूछ डाले।

बंगाल की खाड़ी में हजारों मील दूर मांडले जेल में लाला लाजपतराय का किसी से संबंध या संपर्क नहीं था। अपने समय का उपयोग उन्होंने महान अशोक, श्रीकृष्ण और उनकी शिक्षा, छत्रपति शिवाजी जैसी पुस्तकें लिखने में किया। जब वे जेल से लौटे तो विकट समस्याएं सामने थीं। 1914 में विश्वयुद्ध छिड़ गया था और विदेशी सरकार ने भारतीय सैनिकों की भर्ती शुरू कर दी।

लालाजी को छः मास के पश्चात् ही क्यों छोड़ दिया गया, यह एक प्रश्न है। लालाजी की गिरफ्तारी से देश के भीतर बड़ा असंतोष फैला था। जनता में चारों ओर क्षोभ की लहर पैदा हो उठी थी। कानून के बड़े-बड़े पंडित भी सरकार की आलोचना कर रहे थे, क्योंकि सरकार के बिना कुछ कारण बताए हुए ही लालाजी को गिरफ्तार किया था और बिना मुकदमा चलाए हुए ही उन्हें देश निकाले की सजा दी गई थी।

छोटे-बड़े प्रायः सभी अखबार भी इसके लिए सरकार की निन्दा कर रहे थे। कौंसिल में इस संबंध में प्रश्न पूछे गए। लंदन की पार्लियामेंट में भी यह प्रश्न उठाया गया। लंदन के कई अखबारों में लेख भी निकले। स्वयं लालाजी ने भी मांडले की जेल में भारत मंत्री को पत्र लिखकर पूछा कि, उन्हें बताया जाए कि उनकी गिरफ्तारी किस कानून के अन्तर्गत की गई है।

आखिर भारत मंत्री का ध्यान इस ओर आकृष्ट हुआ। उन्होंने भारत सरकार से पूछा कि लाला लाजपतराय को किन कारणों से और किस कानून के अन्तर्गत गिरफ्तार किया गया है। भारत सरकार कुछ साफ-साफ उत्तर नहीं दे सकी। देती थी तो क्या देती, क्योंकि गिरफ्तारी के लिए कोई कारण तो था ही नहीं। आखिर, भारत मंत्री ने लालाजी की रिहाई के लिए आदेश जारी कर दिया। फलस्वरूप लालाजी नवम्बर में छोड़ दिए गए।

लगभग साढ़े 5 बजे सुबह 18 नवम्बर को ये लोग लाहौर की पुण्यभूमि पर पहुँचे। इस सम्बन्ध में "पंजाबी पत्रिका" ने जो घोषणा की थी, वह केवल स्मरणीय ही नहीं है, अपितु निर्वासित देशभक्तों के प्रति राष्ट्रभक्त नागरिकों की असीम श्रद्धा का ज्वलन्त प्रतीक भी है –

"सुबह 6 बजे के करीब जंगल की आग की तरह यह समाचार नगर-भर में फैल गया कि "निर्वासित सज्जन आ गए हैं और लाहौर में अपने मकान में जा पहुंचे हैं," शीघ्र ही लाला लाजपतराय के भवन को जनसमूह ने घेर लिया। बच्चों से लेकर वृद्धों तक सभी श्रेणियों के लोग उनके दर्शन करने तथा बधाई देने के लिए टूट पड़े थे। लगभग सारा दिन उनको लोगों से मिलने-जुलने में खड़े-खड़े व्यतीत करना पड़ा। लालाजी का स्वागत भी भिन्न-भिन्न प्रकार से किया गया। कई लोग तो उनको मित्र रूप से गले लगाते रहे और नेत्रों से स्नेह जल

बरसाते गए। कई सज्जन उनको दूर से प्रणाम करते थे। दर्शकों में नगर-भर के प्रमुख हिंदू सज्जन सम्मिलित थे। कुछ मुसलमान लोग भी अपने पुराने मित्र के दर्शन करने पधारे। लालाजी 6 मास के कारावास तथा सप्ताह-भर की थका देने वाली यात्रा करने के बावजूद चुस्त व आनंदित थे। मित्र मण्डली को इससे अपार हर्ष हुआ। वह और भी अधिक प्रसन्न हुए जब उनको यह ज्ञात हुआ कि उनको बिना किसी प्रतिबन्ध के मुक्त किया गया है।" लालाजी को निर्वासन की सजा से मुक्ति क्या मिली, सारे भारतवर्ष में उल्लास की प्रचण्ड ज्वाला धधक उठी। एंग्लो इंडियन पत्रों ने भी नारा लगाना शुरू कर दिया, "लाला लाजपतराय क्रान्तिकारियों के अगुआ हैं।" लाहौर से प्रकाशित होने वाले प्रमुख अर्द्ध सरकारी दैनिक पत्रों ने घोषणा की, "लाला लाजपतराय एक भारी क्रान्तिकारी आंदोलन के सूत्रधार हैं।" कलकत्ता के इंगलिश मैन ने तो उन पर यह भी दोषारोपण किया कि "भारतीय सेना को बिगाड़ने वाले तथा अफगानिस्तान के बादशाह को भारत पर आक्रमण करने को प्रोत्साहित करने वाले लाला लाजपतराय ही हैं, दूसरा कोई नहीं।" इन प्रतिक्रियाओं का परिणाम यह हुआ कि देश में एकबारगी ही एकता की लहर दौड़ उठी। क्रान्तिकारियों ने ब्रिटिश सरकार से बदला लेने के लिए बम, पिस्तौल एवं गोरिल्ला युद्ध का आश्रय लेना प्रारम्भ कर दिया। इस प्रकार लाला लाजपतराय के कारण देश की राजनीतिक परिस्थिति में क्रान्तिकारी परिवर्तन होते हुए देखकर आर्य समाज के सदस्यों का हृदय भी कांपने लगा। तत्कालीन राजनीतिक परिस्थिति को मद्देनजर रखते हुए कुछ लोगों ने तो यहां तक सुझाव दिया कि आर्य समाज की रक्षा करने के लिए यह आवश्यक है कि यह संस्था लाला लाजपतराय से सम्बन्ध विच्छेद कर ले, वरना यह राजद्रोही संस्था करार दे दी जाएगी। कहा जाता है, इसकी सूचना लाला लाजपतराय को भी मिल गई और

तब उन्होंने खुले-आम अपने स्वतंत्र विचारों की घोषणा की – "आर्य समाज जैसी धार्मिक संस्थाओं के लिए यही उचित तथा न्यायसंगत है कि वह राजनीति के क्षेत्र से दूर रहे, नहीं तो उनके आध्यात्मिक सुधार के कार्य को हानि पहुंचेगी। यदि आर्य समाजी नेताओं ने यह समझा कि आर्य समाज के साथ मेरे सम्बन्ध होने से उनका अनिष्ट होने की सम्भावना है, तो मैं उसकी कार्यकारिणी तथा प्रबन्ध समिति के सभी पदों को त्यागने को तैयार हूं। हां, आर्य धर्म के साथ तो मैं अग्रणी बन चिपटा रहूंगा और अपने धर्म अथवा मातृभूमि की उन्नति के लिए अपना सर्वस्व त्यागने के लिए सदैव तत्पर रहूंगा।"

लाला लाजपतराय ने देश को आर्थिक रूप से सक्षम बनाने के लिए पंजाब नेशनल बैंक की स्थापना की, जिसकी देश-भर में असंख्य शाखाएं शीघ्र ही खुल गईं। यह बैंक गरीबों को आसान शर्त और किस्तों पर ऋण मुहैया कराने लगा, ताकि वे अपना जीवन स्तर सुधार सकें। आज भी यह बैंक एक गौरवशाली संस्था है।

लाला लाजपतराय की पूजा अब राष्ट्रीय नेता के रूप में होने लगी। बाल-पाल-लाल की त्रिमूर्ति क्रान्तिकारियों के घरों में ईश्वर-अल्लाह की भांति पूजी जाने लगी।

गर्म दल वालों ने कहा, "लाला लाजपतराय जी हमारे हैं।"

नर्म दल वालों ने कहा, "लाला लाजपतराय जी हमारे हैं।"

लाला लाजपतराय ने कहा, "न हम गरम दल के हैं, न हम नर्म दल के हैं, हम भारत के हैं और इसीलिए हम दोनों के हैं। हमें भारत माता के बनकर ही रहना है।

अकाल पीड़ितों की सेवा

लाला लाजपतराय स्वभाव से ही मानव सेवी थे। देश में उन दिनों अकाल पड़ा करते थे और उन अकालों में लाखों लोगों की जान चली जाती थी। 1897 और 1899 के देशव्यापी अकाल के समय वे पीड़ितों की सेवा में जी जान से जुटे रहे। जब देश के कई हिस्सों में अकाल पड़ा तो लालाजी राहत कार्यों में सबसे अग्रिम मोर्चे पर दिखाई दिए। देश में आए भूकंप, अकाल के समय ब्रिटिश शासन ने कुछ नहीं किया। लाला जी ने स्थानीय लोगों के साथ मिलकर अनेक स्थानों पर अकाल में शिविर लगाकर लोगों की सेवा की।

अकाल पीड़ितों के चीत्कार ने उनके हृदय में आकुलता उत्पन्न कर दी। वे घर से निकल पड़े और झोली लटकाकर अकाल पीड़ितों के लिए भिक्षा मांगने लगे। वे नगर-नगर गये, गांव-गांव गये। उन्होंने जन-जन के सामने झोली फैलाई, हाथ फैलाये। उन्होंने अन्न मांगा, कपड़े मांगे।

उन्होंने लाखों मन अन्न इकट्ठा किया, लाखों गज कपड़ा एकत्र किया। उन्होंने स्वयंसेवक बनकर अपने हाथों से अकाल पीड़ितों में अन्न और वस्त्र बांटे। इस तरह उन्होंने सांसों को तोड़ते हुए प्राणियों को नया जीवन प्रदान किया, नई शान्ति दी। लालाजी की सेवाओं को देखकर भारतीय जनता उन्हें देवता कहकर पुकारने लगी। अंग्रेज सरकार भी उनकी सेवाओं पर मुग्ध हो उठी। पंजाब के कमिश्नर ने उनकी सेवाओं पर विचार प्रगट करते हुए कहा था, "लाला लाजपतराय जी ने अकाल पीड़ितों की जैसी सेवा की है वैसी सेवा के उदाहरण मानव इतिहास में बहुत कम मिलते हैं। यदि संसार के इतिहास को पढ़ा जाये, तो उसमें एक ऐसी बात मिलती है, जो मनुष्य के मुख पर कालिख पोत देती है। वह बात है, अपने धर्म और मजहब के प्रेम में दूसरे धर्मावलंबियों को क्षति पहुंचाना। संसार में धर्म और ईश्वर के नाम पर इस तरह की घटनायें बार-बार घट चुकी हैं और आज भी घटी है। अनेक बार ऐसा हुआ है, जब किसी धर्म के लोग भूख की ज्वाला में झुलस रहे थे, तो दूसरे धर्म के लोगों में दीक्षित कर लिया। मुस्लिमकाल के इतिहास में इस तरह की घटनाएं मिलती हैं। अंग्रेजों के राज्य में भी ईसाई मिशनरियां खुले आम गरीब और लाचार लोगों को ईसाई बनाया करती थी। वे गुमराह अवश्य किया करती थी। मैं नहीं जानता कि, उनके कामों से ईश्वर उन पर प्रसन्न होता था या नहीं, पर इसमें संदेह नहीं कि जो वे कुछ भी करते थे, ईश्वर और धर्म के नाम पर ही करते थे।"

अकाल के दिनों में भी ईसाई मिशनरियां धर्म और ईश्वर के नाम पर गरीबों को बहकाने से बाज नहीं आईं। उन्होंने लाखों ऐसे हिन्दू बालकों को ईसाई बना लिया। कहा जाता है, अकेले राजपूताना में भी लगभग 70 हजार अनाथ हिन्दू बच्चों को ईसाई धर्म में दीक्षित

कर लिया गया था। बंगाल, उड़ीसा और मध्य-प्रदेश में कितने अकाल पीड़ितों को ईसाई बनाया गया था, इसकी संख्या का ठीक-ठीक अनुमान लगाना बहुत कठिन है।

लालाजी के कानों में जब यह बात पड़ी, तो वे चिन्तित हो उठे। उन्होंने सोचा, यदि ईसाई मिशनरियां इसी प्रकार हिन्दू अनाथ बालकों को ईसाई बनाती रहीं, तो हिन्दू जाति को अधिक आघात लग सकता है, क्योंकि हिन्दू जाति में कई ऐसी पिछड़ी जातियां हैं, जो गरीबी और विवशता का जीवन व्यतीत करती हैं। लालाजी विरोध करने के लिए कमर कसकर खड़े हो गए।

लालाजी ने ईसाई मिशनरियों के इस कार्य के विरोध में अंग्रेजी सरकार को कई पत्र लिखे। उन्होंने अपने पत्रों में लिखा, कितने दुःख और आश्चर्य की बात है कि, ईसाई मिशनरियां अकाल से पीड़ित मनुष्य की विवशताओं से लाभ उठाकर उन्हें ईसाई बना रही हैं। यह अकाल पीड़ितों की सहायता नहीं, उन पर बहुत बड़ा अत्याचार है। अकेले राजपूताना में ही 70 हजार के लगभग अनाथ बालकों को ईसाई धर्म में दीक्षित किया गया है। उन बालकों को पुनः लौटा दिया जाये। यदि ऐसा नहीं किया जाएगा, तो सरकार के लिए यह एक बहुत बड़े कलंक की बात होगी। लालाजी ने कई अखबारों में लेख भी लिख कर ईसाई मिशनरियों के कार्य का विरोध किया। लालाजी के लेखों का प्रभाव जनता पर भी पड़ा और जनता की ओर से भी ईसाई मिशनरियों के कार्य का विरोध ही नहीं किया जाने लगा, बल्कि 70 हजार बच्चों की मांग भी की जाने लगी।

सरकार ने जब यह देखा कि इस कांड को लेकर बहुत बड़ा आन्दोलन खड़ा हो रहा है, तो वह ईसाई मिशनरियों पर दबाव डालकर

उनसे 70 हजार बच्चों को दिलवाने के लिए तैयार हो गई। लालाजी के सामने प्रश्न खड़ा हुआ कि, वे उन बच्चों को लेकर कहां रखेंगे? दो-चार दिनों की बात तो है नहीं कि कहीं व्यवस्था कर दी जाये। 70 हजार बच्चों के जीवन भर का प्रश्न है। जो भी प्रबन्ध करना होगा, स्थाई रूप से प्रबन्ध करना होगा। ऐसा प्रबन्ध करना होगा कि उन्हें रोटी और वस्त्र तो मिले ही, प्यार, शिक्षा और उन्नति के उचित साधन भी मिले। लालाजी ने इस बहुत बड़े प्रश्न का हल भी खोज लिया। उन्होंने आर्य समाज की ओर से कई बड़े-बड़े शहरों में अनाथालय खुलवाए और उन अनाथालयों में उन बच्चों के रहने का प्रबन्ध किया। फ़िरोज़पुर का अनाथालय सबसे बड़ा अनाथालय था। लालाजी स्वयं उस अनाथालय के अध्यक्ष थे।

लालाजी अपने इस कार्य से समस्त हिन्दू जाति में उसी प्रकार चमकने लगे, जिस प्रकार गगन मंडल में सूर्य चमकता है। जनता उन्हें अपना प्रिय और ऊंची चोटी का नेता मानने लगी। उन्होंने 70 हजार बालकों का उद्धार इसलिए नहीं किया था कि वे हिन्दू थे, बल्कि इसलिए किया कि वे मनुष्य थे। किसी भी मनुष्य की गरीबी से लाभ उठाकर उसके धर्म को बदलना अन्याय ही नहीं बहुत बड़ा पाप है। अकाल की आग में केवल हिन्दू ही नहीं जले थे, मुसलमान, ईसाई और सिख भी जले थे। लालाजी ने केवल हिन्दुओं में ही अन्न और वस्त्र नहीं बांटे, मुसलमानों, ईसाइयों और सिखों में भी बांटे थे। लालाजी को हिन्दू धर्म और हिन्दू संस्कृति से प्रेम अवश्य था, पर वे दूसरे धर्म और संस्कृतियों से भी प्रेम करते थे। उनके सामने जाति का प्रश्न नहीं था, देश का प्रश्न था, वे पूरे राष्ट्र के नेता थे। वे जो कुछ भी कार्य करते थे, राष्ट्रीयता को ही आधार मानकर करते थे।

जिस प्रकार आग में तपकर सोना खरा-सोना बनता है, उसी प्रकार सेवाव्रती महान पुरुष भी बार-बार सेवा की अग्नि में तपकर उच्च कोटि के मानव बनते हैं। जो मनुष्य जितना ही अधिक सेवा के लिए कष्ट उठाता है, वह उतना ही अधिक ऊंचे दर्जे का महामानव समझा जाता है। महामानवत्व का पैमाना धन और पद नहीं होता, होता है कष्ट सहना और आत्म-त्याग करना, जिसमें जितना भी अधिक कष्ट सहन और आत्म-त्याग की भावना होती है, उसका महामानव रूप उतना ही अधिक खरा समझा जाता है। लाला लाजपतराय के व्यक्तित्व के बारे में तत्कालीन मशहूर अंग्रेज लेखक विन्सन ने लिखा था कि लाजपतराय के सादगी और उदारता भरे जीवन की जितनी प्रशंसा की जाए कम है। उन्होंने अशिक्षित गरीबों और असहायों की बड़ी सेवा की थी, इस क्षेत्र में अंग्रेज़ी सरकार बिल्कुल ध्यान नहीं देती थी।

1901-08 की अवधि में उन्हें फिर भूकम्प एवं अकाल पीड़ितों की मदद के लिए सामने आना पड़ा। वे हिसार नगर निगम के सदस्य चुने गए और बाद में सचिव भी चुन लिए गए।

1912 में उन्होंने एक अछूत कांफ्रेंस आयोजित की थी जिसका उद्देश्य हरिजनों के उद्धार के लिये ठोस कार्य करना था।

असहयोग आंदोलन में योगदान

लालाजी कांग्रेस के भीतर गर्म विचारों के नेता के रूप में प्रसिद्ध थे। उन्होंने और लोकमान्य तिलक ने कांग्रेस को स्वतंत्रता की ओर अग्रसर किया था। वे और लोकमान्य, दोनों नेता बहुत सी बातों में एक जैसे विचार रखते थे।

लाला लाजपतराय उस समय हिसार में रह रहे थे। भारतीय राष्ट्रीय कांग्रेस की स्थापना इसी वर्ष हुई थी। इसका प्रथम अधिवेशन दिसम्बर 1885 में बम्बई में उमेशचन्द्र बनर्जी के सभापतित्व में हुआ। इस नवीन आन्दोलन को लाला लाजपतराय ने उत्सुकता से देखना आरम्भ कर दिया। उनके मित्र आर्यसमाजी नेता, मूलराज जो बड़े कुशाग्रबुद्धि तथा दूरदर्शी व्यक्ति थे – इस आन्दोलन को सन्देह की नजर से देखते थे। क्या एक अंग्रेज मिस्टर ह्यूम उसके संचालक न थे? फिर उससे भारत का क्या कल्याण कैसे हो सकता था? लाजपतराय का वह अविश्वास चिरकाल तक न रहा।

1888 ई. में अली मुहम्मद भीमजी को कांग्रेस की ओर से पंजाब के दौरे पर भेजा गया। हिसार के नवयुवक वकील ने अपने नगर में उसको निमंत्रित किया, तथा उसके लिए एक सार्वजनिक सभा का प्रबन्ध कर दिया। कांग्रेस के साथ यह उनका प्रथम सम्पर्क था, जिन दिनों कांग्रेस की

आयु सिर्फ 3 वर्ष थी। तब कौन जानता था कि इसी युवक वकील द्वारा एक दिन कलकत्ता से चलाए गए आन्दोलनों के परिणामस्वरूप महात्मा गांधी के नेतृत्व में भारत स्वतंत्र होगा? लाला लाजपतराय तो गांधी जी के साथ कंधे से कंधा मिलाकर देश को स्वतंत्र कराने का दायित्व निभाने के लिए ही पैदा हुए थे। लालाजी गर्म विचारों के होते हुए भी महात्मा गांधी के सत्य और अहिंसा के सिद्धांतों का बहुत आदर करते थे और वे गांधी जी को राष्ट्र उद्धारक के रूप में देखते थे। ह्यूम ने कांग्रेस चलायी, तो सर सैयद अहमद खां ने उसका विरोध शुरू कर दिया। अलीगढ़ के नेता ने अपने सहधर्मियों को इस नवीन आन्दोलन से पृथक रहने का परामर्श दिया। उनका मत यह था कि मुसलमानों को अपने हित के लिए देश के शासकों का साथ देना चाहिए। लाजपतराय कहीं आगे बढ़ चुके थे। उन्होंने जब सर सैयद को विरोधी के रूप में देखा, तो उनके हृदय में सैयद के प्रति श्रद्धा और भी कम हो गयी। अख़बारों में उन्होंने सर सैयद के नाम कतिपय खुले पत्र लिखे, जिनमें उन्होंने बतलाया कि किस तरह सर सैयद महोदय अपने पिछले दिनों के उपदेशों से सर्वथा उलटी दिशा में जा रहे हैं। इन पत्रों में ज्यादातर सर सैयद के पूर्व प्रकाशित उर्दू लेखों का अनुवाद था और उनमें यह दिखलाया गया था कि कल से सर सैयद आज के सर सैयद से एकदम अलग हैं।

एक "प्रशंसक" की इन खुली चिट्ठियों पर हिसार की मुहर लगी रहती थी। उन दिनों हिसार में इस प्रकार के रचनात्मक वा आलोचनात्मक लेखन की योग्यता रखनेवाले व्यक्तियों की संख्या कम थी। जो लोग लाजपतराय को जानते थे, उन्हें यह कल्पना करने में कोई कठिनाई न हुई कि उन खुली चिट्ठियों का असली लेखक कौन है? उनके पास

अपने नाम को गुप्त रखने का कोई ठोस कारण न था, परन्तु अभी वह "नेता" नहीं बने थे और लज्जाशीलता ने उनको अपना नाम छिपाने को मजबूर किया। इन खुले पत्रों ने काफी सनसनी पैदा कर दी। ह्यूम साहब कुछ घबरा से रहे थे, इन पत्रों से उनको पर्याप्त मदद मिल गयी। लेखक से प्रार्थना की गयी कि इन पत्रों को एकत्र करके एक पुस्तिका के रूप में प्रकाशित कर दें। उन्होंने शीघ्र ही वैसा कर दिया। ह्यूम ने उनकी पुनरावृत्ति करके यत्रतत्र उनकी भाषा में कुछ सुधार कर दिया। महान् मुस्लिम नेता को उनके अपने ही कथनों से अलग उजागर करने वाली यह पुस्तिका कांग्रेस के आगामी अधिवेशन से कुछ ही दिन पहले प्रकाशित हुई। एक ही रात में लाजपतराय को राजनैतिक मामलों में देशव्यापी ख्याति प्राप्त हो गयी। जब हिसार का करीब बीस वर्ष का यह नवयुवक वकील प्रथम बार कांग्रेस के अधिवेशन में सम्मिलित होने के लिए गया, तो रेलवे स्टेशन पर अयोध्या नाथ तथा मदनमोहन मालवीय आदि ने करतल ध्वनि से उनका स्वागत किया। चारों ओर उनके नाम की चर्चा थी। वह पत्र उर्दू में "कोहे-नूर" नाम के एक साप्ताहिक में छपे पत्र के नीचे "आपके एक पुराने अनुयायी के पुत्र" के हस्ताक्षर थे और उनकी तिथि अक्टूबर 27, 1888 ई. थी। सर सैयद ने जब इंडियन नेशनल कांग्रेस के विरुद्ध विद्रोह प्रारंभ किया, उन्हें स्वप्न में भी यह विचार नहीं आ सकता था कि उनके पुराने लेख उनके विरूद्ध पेश किए जायेंगे और पेश करनेवाला वह होगा जिसने उनके पुस्तकों तथा पत्रिकाओं में प्रकाशित प्रत्येक शब्द को बड़े ध्यानपूर्वक पढ़ा था।

जनसाधारण की स्मरण-शक्ति कम होती है। सर सैयद को यह एक अन्य लाभ था कि उनके ज्यादातर लेख उर्दू में छपे थे, अतः बैडरबर्न यूल तथा ह्यूम एवं बंगाल, बम्बई तथा मद्रास के कांग्रेस नेताओं को,

जो कांग्रेस में सर्वमान्य थे, उन लेखों के अस्तित्व का ज्ञान तक नहीं हो सकता था।

खुली चिट्ठियों के लेखक ने शुरू में ही सर सैयद को चेतावनी दे दी थी कि मैं उनके लेखों का निरन्तर ही पाठक तथा प्रशंसक रहा हूं। "बाल्यावस्था से ही मुझे अलीगढ़ से सफेद दाढ़ी वाले सैयद की सम्मतियों का मान करना सिखलाया गया है। मेरे प्रिय पिता जी, जो आपको उन्नीसवीं शताब्दी के पथप्रदर्शक तथा गुरु से कम नहीं समझते, सदैव ही मुझे आपका पत्र "सोशल रिफार्मर" पढ़कर सुनाया करते हैं। अलीगढ़ इंस्टीट्यूट गजट में आपके लेखों, कौंसिल तथा अन्य सार्वजनिक सभाओं में दिए हुए आपके भाषणों का मैंने ध्यान से अध्ययन किया है और मेरे पूज्य पिताजी ने उनको पवित्र थाती समझकर संभालकर रक्खा है।" लेखक ने सर सैयद को उन दिनों की याद दिलायी जब उसने जान स्टुआर्ट मिल के निबन्ध "स्वाधीनता" की प्रशंसा की थी और जब उसकी आज्ञा से "रिफार्मर" के लिए बैन्थम की "यूटिलिटी" (उपयोगिता) का अनुवाद किया गया। सबसे अधिक प्रभावशाली सर सैयद के "भारतीय विद्रोह के कारण" में से उद्धरण थे जो 1857 के "विद्रोह" के एक वर्ष के अन्दर ही लिखे थे। 1873 में पुस्तक का अंग्रेजी रूपांतरण भी प्रकाशित हुआ।

इस पुस्तक में सर सैयद ने प्रतिनिधि सत्तात्मक शासन के सिद्धान्तों का समर्थन किया था। उन्होंने लिखा था – "मेरा विश्वास है कि अधिकांश लोग इस विचार से सहमत हैं कि शासन के कल्याण तथा अभ्युदय के लिए यह नितान्त आवश्यक है और उसकी स्थिरता के लिए जरूरी है कि उसकी मंत्रणा में जनसाधारण का भी भाग हो। यह जनमत ही तो है, जहां से शासकों को इस बात का ज्ञान होता

रहता है कि उनकी योजनाओं का किस प्रकार स्वागत किया जाता है। जनमत द्वारा ही दोषों का मूलोच्छेद किया जा सकता है और विनाशकारी आपत्तियों की समय से पूर्व सूचना प्राप्त होती रहती है। यदि जनसाधारण का शासन में कोई भाग न हो तो जनमत का कोई ज्ञान नहीं हो सकता। अपनी रचना में सर सैयद ने विस्तृत रूप से बतलाया कि यदि प्रतिनिधि सत्तात्मक सिद्धान्त को स्वीकार कर लिया गया होता, तो सन् 57 के विद्रोह की आपत्ति से भी सरकार बच जाती। यदि हिन्दुस्तानी धारा सभाओं में होते, तो वह सब कुछ अपने देशवासियों को खोलकर बतला देते और हम उन मुसीबतों से, जो हम पर टूटी हैं, बच जाते।"

लालाजी ने 1920 में कलकत्ता में कांग्रेस के एक विशेष सत्र में भाग लिया। वे गांधी जी द्वारा अंग्रेजों के खिलाफ शुरू किए गए असहयोग आंदोलन में कूद पड़े जो सैद्धांतिक तौर पर रोलेक्ट एक्ट के विरोध में चलाया जा रहा था। सन् 1920 में उन्होंने पंजाब में असहयोग आन्दोलन का नेतृत्व किया, जिसके कारण 1921 में आपको जेल हुई। इसके बाद लाला जी ने लोक सेवक संघ की स्थापना की। लाला लाजपतराय के नेतृत्व में यह आंदोलन पंजाब में जंगल में आग की तरह फैल गया और जल्द ही वे पंजाब का शेर या पंजाब केसरी जैसे नामों से पुकारे जाने लगे। महात्मा गांधी जी की हार्दिक इच्छा थी कि लाला लाजपतराय को भी स्वयंसेवक दल की कार्यकारिणी समिति में रखा जाए। उन्होंने लाला जी से आग्रह भी किया, किंतु जैसा कि लाला जी ने अपने विचार प्रकट किए हैं, प्रारंभ में तो उनका झुकाव महात्मा गांधी जी की सेवा-भावना की ओर हुआ, परंतु बाद में वे गांधी

जी के विचार से भी सहमत नहीं हुए। कारण क्या था, उसके विषय में उन्होंने स्वयं लिखा है –

"मि. गांधी कई प्रकार से ब्रिटिश सरकार के सहायतार्थ सहानुभूति प्राप्त करने तथा स्वयंसेवक भर्ती कराने में लगे हुए थे। उन्होंने युद्ध में घायल सैनिकों की मरहम-पट्टी करने वाले दल को संगठित किया था और इस कार्य के लिए वह इंगलैंड में बसने वाले भारतीय युवकों को भर्ती करने तथा इंगलैंड गए हुए मुख्य भारतीय नेताओं का सहयोग प्राप्त करने में व्यस्त थे। मुझे तो उन्होंने उस दल का नेतृत्व भी प्रस्तुत किया, यदि मैं युद्ध-भूमि को जाने को तैयार होता। इस बारे में मेरे अपने विचार भिन्न थे। मैं युद्ध में अंग्रेजों की सहायता के विरूद्ध आंदोलन चलाने के पक्ष में तो नहीं था। मैं तो उनकी युद्ध-नीति का समर्थन करने को भी उद्यत था; यदि उससे हमारे युवकों को भी सेना में प्रतिष्ठित पदों की प्राप्ति, शस्त्रास्त्र के प्रयोग तथा युद्ध-कला में निपुणता प्राप्त करने की सुविधा मिल पाती। सरकार ने वह दोनों बातें अस्वीकार कर दीं। सरकार ब्रिटिश विश्वविद्यालयों में से तो स्नातकों तथा अंडर ग्रेजुएट को सेना में अफसर के रूप में भर्ती कर रही थी, परंतु उसने हिंदुस्तानी विद्यार्थियों को वही सुविधाएं प्रदान करने से साफ इनकार कर दिया। घायलों की सेवा करने वाले स्वयंसेवकों का शिक्षण भी अंग्रेज अफसरों के अधीन होना तय हुआ। इस बारे में मैंने उपमंत्री से कई बार भेंट की और उनसे लंबी बातचीत भी की, परंतु उसका कुछ फल न निकला। इंडिया ऑफिस तथा ब्रिटिश युद्ध-कार्यालय किसी प्रकार झुकने को तैयार नहीं थे। भारतीय, चाहे वह यूनिवर्सिटी के हों, चाहे अन्य, प्रतिष्ठित पद प्राप्त नहीं कर सकते थे।"

लालाजी का बलिदान

30 अक्टूबर, 1928 में लाला लाजपतराय ने लाहौर में साइमन कमीशन के विरुद्ध आन्दोलन का भी नेतृत्व किया था और अंग्रेजों का दमन सहते हुए लाठी प्रहार से घायल हुए थे। इसी आघात के कारण उसी वर्ष उनका देहान्त हो गया। लालाजी ने अपना सर्वोच्च बलिदान साइमन कमीशन के समय दिया। इस घटना के सत्रह दिन बाद, यानी 17 नवंबर, 1928 को लाला जी ने अंतिम सांस ली थी।

3 फरवरी, 1928 को कमीशन भारत पहुंचा, जिसके विरोध में पूरे देश में आग भड़क उठी। लाहौर में 30 अक्टूबर, 1928 को एक बड़ी घटना घटी जब लाला लाजपतराय के नेतृत्व में साइमन का विरोध कर रहे युवाओं को बेरहमी से पीटा गया। पुलिस ने लाला लाजपतराय की

छाती पर निर्ममता से लाठियां बरसाईं। वे बुरी तरह घायल हो गए, इस समय अपने अंतिम भाषण में उन्होंने कहा, "मेरे शरीर पर पड़ी एक-एक चोट ब्रिटिश साम्राज्य के कफ़न की कील बनेगी।"

और इस चोट ने कितने ही ऊधमसिंह और भगतसिंह तैयार कर दिए, जिनके प्रयत्नों से आजादी की लड़ाई को बल मिला।

कांग्रेस का तृतीय अधिवेशन मद्रास में बदरुद्दीन तैय्यब जी के सभापतित्व में हुआ। उस समय तक लाजपतराय कांग्रेस के भक्त बन चुके थे। अपनी आत्मकथा में वह लिखते हैं, इस अधिवेशन का मुझ पर भारी प्रभाव हुआ। इसी समय में मि. ह्यूम लिखित, "पूर्व का तारा" तथा "एक वृद्ध की आशा" प्रकाशित हुए। कांग्रेस साहित्य में इनके जोड़ की रचना मैंने नहीं देखी। इनके प्रत्येक पृष्ठ से स्वतंत्रता की तरंगें झलकती थीं। मुझ पर इनका बहुत प्रभाव पड़ा।" उनके खुली चिट्ठियों तथा प्रयाग के कांग्रेस अधिवेशन पर दो भाषणों ने निश्चित रूप से उन्हें कांग्रेस का पक्षपाती तथा साथी बना दिया। उन्हें कांग्रेस के संगठन तथा उसकी तात्कालिक नीति से समय-समय पर उदासीनता होती रही। लेकिन कांग्रेस के उद्देश्य से उनका कभी मतभेद नहीं हुआ। उन्हें प्रयाग में पंजाब के प्रतिनिधियों ने आगामी वर्ष के लिये कांग्रेस का अधिवेशन लाहौर बुलाने के लिए कहा, परन्तु इस कार्य के लिए बम्बई को पसन्द किया गया। वे वहां भी गए, परन्तु उनका उत्साह कम होना प्रारंभ हो गया। चारों ओर निराशा और उदासी का वातावरण छाया हुआ था। वकीलों ने अदालतों में जाना प्रारम्भ कर दिया था। अध्यापक भी काम करने लगे थे और विद्यार्थियों ने भी पढ़ाई आरम्भ कर दी थी, पर राष्ट्रीय विचारों के युवकों के लिए उचित शिक्षण संस्थाओं का अभाव था। अतः वे दर-दर भटक रहे थे। इस अभाव को दूर करने के लिए बहुत से राष्ट्रीय विद्यालय खोले गए थे।

30 अक्तूबर को साइमन कमीशन लाहौर के स्टेशन पर उतरने वाला था। अतः उसके बहिष्कार के लिए पहले एक बहुत बड़ी सभा की गई, फिर वह सभा जुलूस के रूप में परिणत हो गई। जुलूस में कई हजार मनुष्य थे। साइमन लौट जाओ के नारे लगाता स्टेशन पर पहुंचा। जुलूस का नेतृत्व लालाजी कर रहे थे, इसलिए वे सबसे आगे थे।

स्टेशन के बाहर घुड़सवारों और लाठीधारी पुलिस ने जुलूस को रोक दिया। जुलूस के लोग जोर-जोर से नारे लगाने लगे, "साइमन कमीशन लौट जाओ, साइमन कमीशन गो बैक।"

गोरे सिपाही क्रुद्ध हो उठे। उन्होंने जुलूस पर लाठियां बरसाना आरम्भ कर दिया। बहुत से लोग आहत होकर गिर पड़े, चीख-पुकार से वायुमंडल गूंज उठा। एक गोरे सिपाही ने लालाजी पर भी लाठी का वार किया। लाठी लालाजी की छाती पर लगी। वे धरती पर गिरे पड़े।

लाला जी ने पुलिसवालों से कहा, "तुम कितनी भी लाठियां चला लो, लेकिन मेरा देश एक दिन आजाद होकर ही रहेगा। मैं तो क्या मेरे जैसे लाखों लाजपत पैदा होंगे और भारत माता की रक्षा करेंगे।"

लालाजी पर लाठियों की मार पड़ रही थी, लेकिन एक आह तक नहीं कर रहे थे, क्योंकि उन्हें तो कष्ट सहने ही थे और बिना कष्टों के कोई भी कार्य सफल नहीं होता, इसलिए लालाजी पर पड़ने वाली लाठियां उनके लिए तपस्या के बराबर थीं, लेकिन कब तक सहते और अंततः वे बेहोश हो गए तो अंग्रेजों ने उन्हें मरा समझकर छोड़ दिया। लालाजी को शीघ्र ही अस्पताल पहुंचाया गया। उनकी छाती में सूजन आ गई थी। 15 नवम्बर तक उनकी चिकित्सा होती रही। चोट के कारण उन्हें ज्वर भी होने लगा था। 16 नवम्बर को उनकी हालत चिन्ताजनक हो गई। अगले दिन वे सारे देश को आंसुओं में डुबोकर स्वर्गवासी हो गए। उसी दिन संध्या समय उनकी अन्त्येष्टि की गई। अन्त्येष्टि क्रिया में लाखों मनुष्य सम्मिलित हुए थे। लालाजी के स्वर्गवास से सारा देश शोक सागर में डूब गया, साथ ही क्रोधित भी हो गया।

श्रद्धांजलि

लाला जी की मृत्यु से सारा देश उत्तेजित हो उठा और चंद्रशेखर आजाद, भगतसिंह, राजगुरु, सुखदेव व अन्य क्रांतिकारियों ने लालाजी की मौत का बदला लेने का निर्णय किया। इन जांबाज देशभक्तों ने लालाजी की मौत के ठीक एक महीने बाद अपनी प्रतिज्ञा पूरी कर ली और 17 दिसंबर, 1928 को ब्रिटिश पुलिस के अफसर सांडर्स को गोली से उड़ा दिया। लालाजी की मौत के बदले सांडर्स की हत्या के मामले में ही राजगुरु, सुखदेव और भगतसिंह को फांसी की सजा सुनाई गई।

भारतीय स्वतंत्रता का मार्ग प्रशस्त करने वाले लाला लाजपतराय को "शेरे पंजाब" की उपाधि से विभूषित किया गया। डॉ. विश्वनाथ प्रसाद वर्मा के शब्दों में "वे कुशल तथा अनुभवी राष्ट्रवादी और आधुनिक भारत के एक अग्रणी राजनीतिक नेता थे। पूर्ण निष्ठा तथा साहसपूर्ण संकल्प उनके विशिष्ट गुण थे। उन्होंने जीवन भर देश के लिए निःस्वार्थ भाव से कष्ट तथा उत्पीड़न सहे और उन पर अनेक बार अभियोग चलाये गये। उन्होंने लोक कल्याणकारी कार्य किये।"

वीर सावरकर के शब्दों में "उनकी सामाजिक लोकतंत्र की अवधारणा और हिन्दुत्व संबंधी विचार आज भी प्रासंगिक हैं।"

महात्मा गांधी ने उन्हें श्रद्धांजलि देते हुए कहा था, "भारतीय स्वाधीनता के यज्ञ में उनका बलिदान अविस्मरणीय है। भारत के आकाश

पर जब तक सूर्य का प्रकाश रहेगा, लालाजी जैसे व्यक्तियों की मृत्यु नहीं होगी। वे अमर रहेंगे।"

पंडित जवाहर लाल नेहरू ने उनके बारे में कहा था कि देश ने लाला लाजपतराय के रूप में एक ऐसा नेता खो दिया, जो ना सिर्फ युवाओं को संगठित कर सकने में माहिर थे, बल्कि उनसे काम लेने के सभी गुण थे। वह गरम दल के होने के बाद भी गांधीजी के प्रिय थे। शांति और शक्ति दोनों से वह काम निकालना जानते थे।

•••

प्रश्नोत्तरी

1. लाला लाजपतराय के पिता का क्या नाम था?

   (अ) महाशय प्रभुदया (ब) शिवाजीराव

   (स) मुंशी राधाकृष्ण (द) धर्मानंद

2. आर्य समाज के प्रभाव में आकर लाला लाजपतराय ने क्या त्यागा?

   (अ) जुआ खेलना (ब) कंचे खेलना

   (स) लड़ना (द) क्रिकेट खेलना

3. गुरुकुल कांगड़ी के संस्थापक कौन थे?

   (अ) स्वामी श्रद्धानंद (ब) गांधी

   (स) नेहरू (द) आत्मानंद

4. लाला जी ने किस शिक्षा संस्थान के उत्थान में मदद की?

   (अ) गुरुकुल कांगड़ी (ब) डी.ए.वी. कॉलेज

   (स) हिन्दू विश्वविद्यालय (द) दिल्ली विश्वविद्यालय

5. लाला लाजपतराय महिला शिक्षा को किस रूप में देखते थे ?

   (अ) विरोधी थे (ब) अनभिज्ञ थे

   (स) नकारात्मक थे (द) समर्थक थे

6. लाल-बाल-पाल की तिकड़ी में कौन-कौन थे?

(अ) लाला लाजपतराय - बाल गंगाधर तिलक - विपन चन्द्र पाल
(ब) लालचन्द्र - बालचन्द्र - पालचन्द्र
(स) लालू - बालू - पालू
(द) लालचराम - बालकराम - पालकराम

7. लाला लाजपतराय का निर्वासन करके कहां भेजा गया था?

(अ) रंगून (ब) मांडले जेल
(स) बनारस (द) इग्लैंड

8. लाला लाजपतराय किस संस्था को मां मानते थे?

(अ) ब्रह्म समाज (ब) कांग्रेस
(स) राधास्वामी सत्संग (द) आर्य समाज

9. लाला लाजपतराय ने किसका विरोध किया?

(अ) साइमन कमीशन का (ब) रोलेट एक्ट का
(स) समन्वय समझौता (द) ताशकंद समझौता

10. लाला लाजपतराय की मृत्यु कब हुई?

(अ) 15 अगस्त, 1947 (ब) 12 मार्च, 1923
(स) 13 अप्रैल, 1942 (द) 17 नवंबर, 1928

उत्तर

1. स 2. अ 3. अ 4. ब 5. द 6. अ 7. ब 8. द 9. अ 10. द

हिन्द पॉकेट बुक्स

महान राजा
पृथ्वीराज चौहान

ये महान हस्तियों की जीवनियां हैं, जिन्हें छोटों एवं किशोरों के लिए सजाया-संवारा गया है, ताकि इन्हें पढ़कर उनमें उनके जैसा बनने, ऊंचा उठने और दुनिया में बड़ा नाम कमाने की प्रेरणा जाग सके।

ये जीवनियां बहुत सरल भाषा में और कहानियों की तरह रोचक ढंग से लिखी गई हैं। इसलिए इन्हें याद करने में भी बड़ी आसानी होगी।

सभी जीवनियों में रेखाचित्र और आख़ीर में एक प्रश्नावली दी गई है, ताकि पढ़ने के बाद लगे हाथ आपकी परीक्षा हो सके।

मुग़लों से पहले दिल्ली पर पृथ्वीराज चौहान का शासन था। वह साहसी एवं शूरवीर थे और उनका यश दूर-दूर तक फैला हुआ था। उनकी बहादुरी को देखकर बहुत से राजाओं को जलन होती थी, जिनमें कन्नौज का राजा जयचन्द भी था। पृथ्वीराज चौहान केवल तलवार चलाने में ही चतुर नहीं थे, बल्कि भाला व तीर चलाने में भी बहुत होशियार थे। उन्होंने मोहम्मद ग़ौरी जैसे विदेशी आक्रमणकारी से लोहा लिया और कई बार उसे हराया।

सुरुचिपूर्ण एवं प्रेरणादायक सचित्र जीवनियाँ

महान राजा

पृथ्वीराज चौहान

राजवीर सिंह 'दार्शनिक'

हिन्द पॉकेट बुक्स
पेंगुइन रैंडम हाउस इम्प्रिंट

हिन्द पॉकेट बुक्स

यूएसए | कनाडा | यूके | आयरलैंड | ऑस्ट्रेलिया | सिंगापुर
न्य ज़ीलैंड | भारत | दक्षिण अफ्रीका | चीन

हिन्द पॉकेट बुक्स, पेंगुइन रैंडम हाउस ग्रुप ऑफ़ कम्पनीज़ का हिस्सा है,
जिसका पता global.penguinrandomhouse.com पर मिलेगा

पेंगुइन रैंडम हाउस इंडिया प्रा.लि.,
चौथी मंजिल, कैपिटल टावर 1, एमजी रोड,
गुरुग्राम 122002, हरियाणा, भारत

पेंगुइन
रैंडम हाउस
इंडिया

प्रथम संस्करण हिन्द पॉकेट बुक्स द्वारा 2011 में प्रकाशित
यह संस्करण हिन्द पॉकेट बुक्स में पेंगुइन रैंडम हाउस द्वारा 2022 में प्रकाशित

10 9 8 7 6 5 4 3 2

इस पुस्तक में व्यक्त विचार लेखक के अपने हैं, जिनका यथासंभव तथ्यात्मक
सत्यापन किया गया है, और इस संबंध में प्रकाशक एवं सहयोगी
प्रकाशक किसी भी रूप में उत्तरदायी नहीं हैं।

ISBN 9789353491970

मुद्रक : मणिपाल टेक्नॉलजीस् लिमिटेड, भारत

www.penguin.co.in

FSC www.fsc.org
MIX
Paper | Supporting responsible forestry
FSC® C043100

This is a legitimate digitally printed version of the book and therefore might not
have certain extra finishing on the cover.

पृथ्वीराज चौहान

मुग़लों के भारत में आने से पहले दिल्ली पर पृथ्वीराज चौहान का शासन था। पृथ्वीराज चौहान राजपूत थे। राजपूत का अर्थ होता है राजा का बेटा। सच ही वह बहुत ही वीर थे। उनके व्यक्तित्व पर यदि सोच-विचार करें तो उनमें बहुत से ऐसे गुण थे, जिनके लिए उनका यश दूर-दूर तक फैला था। सबसे पहले तो वे बहुत ही शूरवीर थे, उनकी बहादुरी से बहुत से राजाओं को जलन होती थी, जिसमें कन्नौज के राजा जयचन्द भी थे।

यद्यपि उनका राज्य दिल्ली से काफ़ी बड़ा था, फिर भी वह अपने राज्य के विस्तार में ही लगे रहते थे। उनका राज्य ताक़तवर था, परन्तु उनकी निगाहें दिल्ली पर लगी थीं। वह चाहते थे कि पूरे भारतवर्ष में उनका ही राज्य हो। उनकी इस आकांक्षा को पूरी होने में पृथ्वीराज चौहान अड़चन बने हुए थे। वे बहुत ही ताकतवर थे। जैसे कि राजपूत होते हैं वह बात के भी पक्के थे। साथ ही साथ प्रतिज्ञा से भी न डिगने वाले थे। किसी भी बात को मन में ठान लेते, तो पूरा करके ही छोड़ते थे।

पृथ्वीराज चौहान की वीरता के आगे शत्रु टिक नहीं पाते थे

युद्ध की कुशलता में पृथ्वीराज की मिसाल नहीं थी, एक साथ तलवार से वह दसियों के सिर उड़ा देते थे। उनकी वीरता के आगे उनके शत्रु टिक नहीं पाते थे, बल्कि उनको सामने देखकर वे लोग घबरा जाते थे। केवल तलवार ही चलाने में वे चतुर नहीं थे, भाला तथा तीर चलाने में भी बहुत होशियार थे।

पृथ्वीराज की नस-नस में जोश भरा था। इस कारण थोड़ी-सी बात पर वे बहुत शीघ्र ही गुस्सा भी हो जाते थे। कभी-कभी तो इसी क्रोध में वे अपनी जान तक की परवाह नहीं करते थे। यद्यपि वह बहुत ही संवेदनशील तथा क्षमाशील भी थे।

अपनी प्रजा के वे अच्छे राजा थे। उनके सभी राज्य कर्मचारी उनका बहुत ही आदर करते थे, वे उन पर जान छिड़कते थे। अपनी सूझबूझ तथा शूरवीरता के कारण भारत के इतिहास में उन्होंने प्रसिद्धि प्राप्त की थी।

ग़ज़नी का सुल्तान मोहम्मद शाहबुद्दीन ग़ौरी था। उसकी निगाहें भी दिल्ली के साम्राज्य पर लगी थीं। उसने दिल्ली को हड़पने के विचार से आक्रमण कर दिया। उसे शायद पृथ्वीराज की बहादुरी का पता नहीं था, उसे नहीं मालूम था कि पृथ्वीराज का एक-एक सैनिक इतना वीर तथा युद्ध-कौशल में चतुर था कि दस-दस पर एक ही भारी पड़ता था। भारत के बहुत से भागों को जीतता हुआ ग़ौरी दिल्ली की ओर बढ़ा था। पृथ्वीराज की वीरता के क़िस्से वह सुन चुका था।

सन् 1186 में मोहम्मद ग़ौरी ने दिल्ली पर पहली बार आक्रमण किया था। मोहम्मद ग़ौरी के पास लंबे-तगड़े पठानों की सेना थी, फिर भी पृथ्वीराज के सैनिक भी कम फ़ौलादी नहीं थे, दोनों सेनाओं में जमकर युद्ध हुआ।

दोनों ही ओर के सैनिकों में महान उत्साह था। फिर भी राजा पृथ्वीराज की सेना उस पर भारी पड़ रही थी और उसकी सेना ने मोहम्मद ग़ौरी की सेना को परास्त कर दिया।

मोहम्मद ग़ौरी तथा पृथ्वीराज आपस में युद्ध कर रहे थे। उस समय मोहम्मद ग़ौरी हाथी पर सवार था तथा पृथ्वीराज अपने मनपसंद सफ़ेद घोड़े पर सवार थे। उन्होंने मोहम्मद ग़ौरी को हाथी से नीचे गिरा दिया। इस प्रकार अपने को पृथ्वीराज के चंगुल में फंसा देखकर मोहम्मद ग़ौरी गिड़गिड़ाने लगा और उसने दिल्ली की ओर अब अपनी आंखें न उठा कर देखने का वायदा किया।

पृथ्वीराज का शत्रु था मुहम्मद गोरी, लेकिन क्षमाशील स्वभाव के कारण पृथ्वीराज ने मोहम्मद ग़ौरी को क्षमा कर दिया और आदेश दिया कि वह आगे ऐसा विचार भी मन में न लाए। पृथ्वीराज ने राजपूतों की शान रखते हुए मोहम्मद ग़ौरी को क्षमा कर दिया था, परंतु कूटनीति की दृष्टि से देखा जाए, तो यह न्याय के अनुकूल नहीं था कि दुश्मन को छोड़ दिया जाए। उसी का ही यह परिणाम हुआ कि मोहम्मद ग़ौरी एक साल तक चुपचाप अपनी सैनिक शक्ति का विकास करता रहा और अगले ही साल उसने फिर दिल्ली पर धावा बोल दिया।

पृथ्वीराज का तो एक-एक सैनिक चुना हुआ था, फिर मोहम्मद ग़ौरी की सेना के साथ पृथ्वीराज की सेना का भयंकर युद्ध हुआ और इस बार भी वही परिणाम निकला कि पृथ्वीराज की सेना ने मोहम्मद ग़ौरी की यवन सेना को पराजित कर दिया।

इस बार भी मोहम्मद ग़ौरी ने पृथ्वीराज चौहान से क्षमा याचना की और

फिर पृथ्वीराज ने राजपूतों के मर्यादा को बनाए रखने के लिए फिर मोहम्मद ग़ौरी को क्षमा कर दिया।

यह अपने में एक महत्त्वपूर्ण बात थी कि मोहम्मद ग़ौरी ने पृथ्वीराज के साथ सात बार युद्ध किया। हर बार वह पहले से अधिक सैनिक ताकत के साथ युद्ध करता था और हर बार हार जाता था और पृथ्वीराज चौहान द्वारा छोड़ दिया जाता था।

मोहम्मद ग़ौरी की मूर्खता और धृष्टता ही थी कि जानते हुए भी कि वह पृथ्वीराज जैसे शूरवीर को हरा नहीं पाएगा, हर बार यही गलती करता था और क्षमा किए जाने पर भी लज्जित नहीं होता था, वरन् उसके मन में दिल्ली को जीतने की इच्छा और भी बढ़ जाती थी।

उधर कन्नौज का राजा जयचन्द भी दिल्ली पर अपने दांत गड़ाए हुए था, यद्यपि उसका साम्राज्य दिल्ली से काफ़ी बड़ा था, फिर भी पूरे भारत पर राज्य करना चाहता था। उत्तर भारत तथा दिल्ली जयचन्द के अधिकार क्षेत्र से बाहर थे, क्योंकि वहां का राजा पृथ्वीराज चौहान था और इतना वीर था कि वह जयचन्द की आंखों का कांटा बन गया था। खुद जयचन्द तथा उसके सैनिक पृथ्वीराज से भयभीत रहते थे।

जयचन्द कई तरह के उपाय सोचा करता कि किस प्रकार पृथ्वीराज को हरा कर पूरे भारत को अपने अधीन कर ले।

जयचन्द ने अपने दरबारियों की ख़ास सभा में यह समस्या सबके सामने रखी और सभी के विचार मांगे कि कोई इसका हल निकाले, जिससे पूरा भारत उनके अधिकार क्षेत्र में आ जाए। उन्हें यह सलाह दी गई कि इसका

केवल एक ही उपाय है कि जयचन्द राजसूय यज्ञ करें। उस राजसूय यज्ञ में घोड़ा छोड़ दिया जाएगा। जिस-जिस राज्य में वह घोड़ा जाएगा, वह राज्य जयचन्द की अधीनता मंजूर करेगा और जो उससे सहमत नहीं होगा, वह कन्नौज की सेना से युद्ध करेगा। जयचन्द को यह सुझाव बहुत ही उचित लगा और उन्होंने मन में निश्चय कर लिया कि राजसूय यज्ञ का आयोजन किया जाए।

2

जयचन्द की एक सुंदर कन्या थी, नाम था संयोगिता। जो बहुत सुंदर तथा सभी गुणों से संपन्न थी। वह बहुत ही कुशल चित्रकार थी तथा बड़ी ही साहसी थी। खुद तो साहसी थी ही बहादुर व्यक्तियों के लिए उसके मन में आदर भी था। उसने पृथ्वीराज चौहान की वीरता के चर्चे भी सुन रखे थे और वह उनको सपनों में अपने पति के रूप में देखती थी। उसने मन में ठान रखी थी कि वह इस अत्यधिक साहसी युवक से ही विवाह करेगी। उसने कैनवास पर पृथ्वीराज चौहान का चित्र भी चित्रित किया था। सौभाग्य से एक दिन जंगल में संयोगिता की भेंट पृथ्वीराज से हो गई।

पृथ्वीराज का सुगठित शरीर देखकर वह उन पर मोहित हो गई। उस समय पृथ्वीराज भी संयोगिता की सुंदरता को ठगा-सा होकर देखता रह गया था। दोनों ने ही एक-दूसरे की सराहना तथा प्रशंसा की। उन दोनों के मन में प्रेम का अंकुर फूटने लगा था। दोनों ने अपने-अपने शब्दों में एक-दूसरे से प्रेम निवेदन किया। संयोगिता ने तो अपने दिल में पृथ्वीराज को पति के रूप में वरण कर ही लिया था। पृथ्वीराज ने भी फैसला ले लिया कि वह

पृथ्वीराज ने संयोगिता को देख कर उसे अपनी रानी बनाने का फैसला किया

संयोगिता को अपनी रानी बनाएगा। यद्यपि वह उनके शत्रु की बेटी थी, फिर भी उन दोनों के बीच किसी प्रकार की शत्रुता की भावना नहीं थी। वे दोनों इन बुरी भावनाओं से परे एक-दूसरे के प्रति समर्पित रहने को आतुर थे।

संयोगिता ने पृथ्वीराज के पराक्रम की प्रशंसा की तो पृथ्वीराज ने विनम्र बनकर कहा कि ऐसा क्या उन्होंने देख लिया, जिसकी इतनी प्रशंसा की जा रही है।

एक घटना जो कन्नौज में ही घटी थी, जिससे संयोगिता बहुत प्रभावित हो गई थी

हुआ यूं था कि पृथ्वीराज़ का एक सैनिक जयचन्द की पकड़ में आ गया था। जयचन्द ने उसे क़ैद कर लिया था। उसके परिवार वाले बड़े दुःखी थे कि अब उसकी मृत्यु निश्चित है। उन्होंने पृथ्वीराज से यह बात कही, तो पृथ्वीराज अपने सैनिक को बचाने के लिए बेचैन हो गए। उन्होंने उस सैनिक की पत्नी को वायदा किया कि उसके पति को वह जयचन्द के बंदीगृह से बचा कर लाएंगे। वह दस सैनिकों की टुकड़ी लेकर कन्नौज की सीमा में भेष बदल कर घुस गए। उन्होंने अपने जासूसों द्वारा पता लगा लिया था कि उस सैनिक को कहां क़ैद किया गया है।

इस बात का पता राजकुमारी संयोगिता को चला कि पृथ्वीराज केवल दस सैनिकों के साथ उसके नगर में धड़धड़ाते हुए शत्रुओं को गाजर-मूली के समान काटते हुए घुस आएं हैं। उसने सेनापति से कहा कि वह नगर भ्रमण के लिए जाएंगी। सेनापति ने संयोगिता के रथ के साथ सुरक्षा के लिए एक सौ सैनिक भेज दिए।

सैनिकों का ध्यान राजकुमारी संयोगिता की सुरक्षा में लग गया और इसका लाभ उठाकर पृथ्वीराज चौहान ने अपने सैनिकों के साथ उस स्थान पर धावा बोल दिया, जहां वह सैनिक क़ैद था और रास्ते में जो भी आया, उसे मारते-कुचलते सैनिक तक पहुंच गए और उसके बंधन काटकर अपने साथ घोड़े पर बैठा कर ले गए।

पृथ्वीराज का रास्ता कोई भी नहीं रोक पाया था। सभी उनके नगर में घुसने मात्र से भयभीत हो गए थे।

संयोगिता ने यह वीर गाथा पृथ्वीराज को सुनाकर कहा कि उस समय तक तो मैंने आपको देखा तक नहीं था, परन्तु इस घटना के बाद मैं आपकी एक झलक देखने को बेचैन रहने लगी। यद्यपि आप मेरे पिता के शत्रु हैं, फिर भी आपकी हिम्मत तथा वीरता ने मुझे प्रभावित किया है।

पृथ्वीराज ने भी संयोगिता से कहा, 'जब मुझे पता लगा था कि आप नगर घूमने के लिए निकली हैं, तब मैंने उस बंदी को अपने सैनिकों के हवाले करके उसको दवाई के लिए भेज दिया और मैं आपकी एक झलक देखने को बेचैन हो गया। इसी कारण आपके रथ के पास चक्कर लगा रहा था। आखिर आप भी जंगल में आईं और मैं भी वहीं पर आया और मैं आपसे भेंट कर सका।'

पृथ्वीराज ने संयोगिता से कहा कि मुझे इसमें ईश्वर की इच्छा दिखाई दे रही है, वरना हम दोनों क्यों एक-दूसरे से मिले और एक-दूसरे से प्रभावित होकर प्रेम करने लगे। अब तो हम दोनों ने ही एक-दूसरे का हो जाने का वायदा कर लिया।

पृथ्वीराज ने संयोगिता से वायदा किया कि वह उसका इंतज़ार करें। वह अवश्य ही उससे विवाह करने आएंगे।

पृथ्वीराज संयोगिता को विरहाग्नि में छोड़कर बिजली की रफ़्तार की तरह जहां से आए थे, वहीं चले गए। उसके पीछे तब तक शत्रु लग गए थे। पृथ्वीराज तथा उनके सैनिक हवा की तरह रास्ते में आने वाले शत्रु के सैनिकों का सिर धड़ से अलग करते हुए राज्य की सीमा पार कर गए।

3

पृथ्वीराज की अपने सैनिकों के प्रति निष्ठा देखकर प्रजा दंग रह गई। उनका महान स्वागत उनके राज्य में किया गया और जन-साधारण में उनके कर्तव्य पालन के चर्चे होने लगे। सभी प्रजाजन को अपने इस राजा पर घमंड था, जो अपने मातहतों की रक्षा करना अपना कर्तव्य समझता हो। यूं तो वैसे भी जनता उनकी वीरता तथा प्रजा वत्सलता से प्रभावित थी, परन्तु इस एक घटना ने सभी के हृदयों में उनके प्रति और अधिक विश्वास पैदा कर दिया।

पृथ्वीराज आ तो गए थे अपने राज्य में, परंतु ऐसा लगता था कि वे अपना हृदय वहीं संयोगिता के पास ही भूल आए हैं। वह संयोगिता के प्यार के बंधन में अपने को बंधा हुआ महसूस कर रहे थे। उनकी आंखों के आगे बस राजकुमारी की सूरत ही नज़र आती थी।

संयोगिता जब से पृथ्वीराज से मिली थी, तब से ही उसके हृदय में मंथन हो रहा था। मन और बुद्धि से तो वह पृथ्वीराज की ही हो गई थी

और उसे ही अपना वर चुन चुकी थी, परंतु यदि सामाजिक रूप से देखा जाए, तो वह सोचती कि क्या यह ठीक रहेगा कि अपने पिता के शत्रु को वह वरण करे? इसी प्रकार के बहुत झंझावत उसके मस्तिष्क में उठ रहे थे।

राजा जयचन्द ने राजसूय यज्ञ करने की योजना बनाई थी और उन्होंने तय किया था कि उसी दौरान संयोगिता का स्वयंवर भी करेंगे। राजसूय यज्ञ को करवाने में वे बहुत व्यस्त थे। उन व्यस्त क्षणों में उन्होंने इसके बारे में अपनी बेटी संयोगिता से सलाह-मशविरा करना ठीक समझा।

राजा जयचन्द अपनी बेटी संयोगिता के कमरे में गए। तब वह एक चित्र बना रही थी, वह पृथ्वीराज का ही था, परन्तु पिता को आता देख कर उसने उस पर आवरण डाल दिया। पिता के हठ करने पर भी उसने नहीं बताया कि वह चित्र किसका था। जयचन्द ने संयोगिता को बताया कि उसके स्वयंवर की तैयारियां हो रही हैं क्योंकि अब वह उस अवस्था में पहुंच गई है, जहां पर आकर कोई भी कन्या अपने पति के घर को सुशोभित करने अपने पिता के घर से चली जाती है।

जयचन्द बातों-ही-बातों में जब पृथ्वीराज के विषय में बोलने लगे, तो संयोगिता सजग हो गई और उसने अपने पिता को सुझाव दिया कि यदि आप पूरे भारत की अखंडता चाहते हैं, तो राजपूत राजाओं से मिलकर ही यह बात बन सकती है। इस पर जयचन्द अपनी बेटी के मुख से यह बात सुन कर भड़क उठे तथा क्रोध में आकर उसे बता दिया कि स्वयंवर में पृथ्वीराज को बुलाया भी नहीं जाएगा।

पृथ्वीराज का अपमान करने का इससे अच्छा सुअवसर नहीं मिलेगा। वह पृथ्वीराज को घमंडी तथा अहंकारी कह रहे थे, जब कि वास्तव में देखा

जाए, तो वह ही अपनी शक्ति तथा सत्ता के कारण घमंडी तथा अहंकारी बन गए थे और साम्राज्य विस्तार से अधिक पृथ्वीराज से अपनी व्यक्तिगत दुश्मनी मानते थे और उसकी शक्ति से चिढ़ते थे तथा जलन रखते थे। इसी कारण उसको अपमानित करना चाहते थे।

चन्दवरदाई पृथ्वीराज के दोस्त और राजकवि थे। उनसे पृथ्वीराज की गहरी दोस्ती थी, वे उनको राजकवि कम दोस्त अधिक मानते थे। अपने मन के सारे दुःख तथा समस्याएं वे चन्दवरदाई के समक्ष कहने में थोड़ा भी नहीं झिझकते थे। उन्होंने चन्दवरदाई को अपनी और संयोगिता की भेंट के बारे में बताया और यह भी बताया कि अब वे दोनों ही इस बात के लिए दृढ़ संकल्प हैं कि एक-दूसरे से विवाह करेंगे।

सम्राट के इस संकल्प से चन्दवरदाई प्रसन्न तो हुए, परंतु उन्होंने शंका प्रकट की कि यह काम कितना कठिन है। वह दुश्मन की बेटी है। जयचन्द सामान्य तौर पर तो इस बात के लिए बिल्कुल तैयार नहीं होंगे कि उनकी बेटी का विवाह उनके परम शत्रु के साथ हो जाए। हां, इसके लिए कोई और रास्ता ढूंढ़ना होगा। चन्दवरदाई ने कहा कि वह सदैव हर प्रकार से पृथ्वीराज की इस समस्या का समाधान करने के लिए तत्पर हैं। उन्हें तो बहुत ही प्रसन्नता होगी कि संयोगिता जैसी विदुषी तथा सभी गुणों से सम्पन्न स्त्री उनकी महारानी बने।

पृथ्वीराज ने चन्दवरदाई को पूरी तरह से आश्वस्त कर दिया कि संयोगिता भी उनसे उतना ही प्रेम करती है और वह भी उनके साथ विवाह करने को तैयार है। पृथ्वीराज ने बताया कि संयोगिता की भी वही दशा है, जो उससे मिलने के बाद मेरी हो गई है।

चन्दवरदाई के आश्वस्त करने पर भी पृथ्वीराज यह सोचने को मज़बूर थे कि यह पहेली इतनी सरल नहीं है कि इसका समाधान आसानी से निकाला जा सके, फिर भी मन में अटल विश्वास और आशा थी। यही तो उनका व्यक्तित्व था।

राजसूय यज्ञ की सूचना सभी राजाओं के पास भेजी जा चुकी थी और घोड़ा भी दौड़ा दिया गया था। सभी राजा जयचन्द की अधीनता स्वीकार, करने को तैयार हो गए थे। जिन राजाओं ने थोड़ा भी विरोध किया, उन्हें बलपूर्वक जयचन्द की बात माननी पड़ी या फिर उन राजाओं को तहस-नहस कर दिया गया। इस प्रकार यज्ञ का घोड़ा विभिन्न प्रान्तों में घूम रहा था और जयचन्द को विविध स्रोतों से यह सूचना मिल रही थी कि बहुत से राजा जयचन्द की अधीनता स्वीकार कर चुके हैं तथा कुछ और इसके लिए तैयार हैं।

4

जयचन्द इस बात से बड़ा ख़ुश था कि उसका राज्य का विस्तार होता ही जा रहा है और अब वह स्वप्न देखने लगा था कि पूरे भारत का मात्र वही एक सम्राट बनेगा, परंतु उसे शंका थी और डर भी था पृथ्वीराज से, क्योंकि दिल्ली से कोई भी समाचार नहीं आया था। पृथ्वीराज की वीरता तथा स्वभाव को वह जानता था, इस कारण उन्हें शंका थी कि पृथ्वीराज। उनके प्रस्ताव को नहीं मानेंगे।

घोड़ा जब दिल्ली पहुंचा, तो उस समय पृथ्वीराज राजसभा में चन्दवरदाई की कविताओं का आनंद उठा रहे थे कि घोड़े के साथ दूत भी आ पहुंचा और उसने सूचना दी कि जयचन्द के राजसूय यज्ञ का घोड़ा सभी स्थानों से होता हुआ दिल्ली आ पहुंचा है। यह सुनते ही पृथ्वीराज का गुस्सा भड़क उठा और उस दूत को यमलोक पहुंचाने ही वाले थे कि राजपुरोहित के कहने पर उन्होंने अपना यह काम रोक दिया। वे राजपुरोहित का बहुत सम्मान करते थे। उनके कहने पर ही सम्राट ने अपना गुस्सा अंदर-ही अंदर पी लिया। उनकी ओर से राजपुरोहित ने दूत से कहला भेजा कि वह

पृथ्वीराज चौहान युद्ध के लिए निकले

जाकर जयचन्द से कह दे कि दिल्ली किसी और के अधिकार में नहीं रहेगी सिवाय पृथ्वीराज के। दिल्ली पर सम्राट का ही राज रहेगा।

पृथ्वीराज जयचन्द के इस संदेश तथा घोड़े के आने से इतना अधिक परेशान हो गए कि दिमागी रूप से एक प्रकार से अशांत हो गए। राजपुरोहित के कहने पर उस दूत को तो न मार सके और अपने गुस्से को पी गए। वह अपने मन को कहीं और लगाने के लिए शिकार पर निकल गए। गुस्से के कारण वह बड़ी तेज़ी से घोड़े पर दौड़ते चले जा रहे थे कि उन्हें शेर की दहाड़ सुनाई दी, जो कि बिलकुल पास से आ रही थी। महाराज ने खंजर निकाल लिया। जैसे ही शेर उनके ऊपर झपटा, उन्होंने खंजर से उस पर वार करने का प्रयास किया। वह शेर पर झपट पड़े और दोनों में गुत्थम-गुत्था होने लगी। कभी शेर उन पर भारी पड़ रहा था, कभी वह शेर पर भारी पड़ रहे थे। वह अपने मन का सारा गुस्सा शेर पर उतार रहे थे। इस कारण बहुत गुस्से में थे। जब बहुत देर तक इसी प्रकार की गुत्थम-गुत्था हो रही थी और शेर भी बहुत गुस्से में आ गया, तो महाराज ने यह सुअवसर देखकर कटार बहुत ही मज़बूती से शेर की छाती में घुसेड़ दी, उससे ही शेर के प्राण-पखेरू उड़ गए।

जब महाराज को यह सुनिश्चित हो गया कि शेर मर गया है, तो उसके मरे हुए शरीर को लेकर अपने क़िले में वापस आ गए। उनके मन की परेशानी तथा उत्तेजना जो गुस्से से भरी हुई थी, अब संतोष में बदल गई थी और उनका मन अब शांत हो गया था।

यज्ञ के घोड़े के साथ जो सैनिक दिल्ली आए थे, उन्होंने दिल्ली पर हमला बोलने की आज्ञा दे दी, परंतु उनके दरबारियों ने सभा करके उन्हें ऐसा

करने से मना करने की सलाह दी। राजा जयचन्द पृथ्वीराज के अधीनता स्वीकार न करने के कारण बहुत गुस्से में थे। लगभग पूरे भारत के राजाओं ने उनकी अधीनता स्वीकार कर ली थी। एक दिल्लीपति पृथ्वीराज ही उसकी आंख का कांटा बना हुआ था, जिसने इंकार कर दिया था। गुस्से में आकर उन्होंने फैसला तो कर लिया था कि इस कांटे को दूर किया जाए और दिल्ली पर धावा बोल दिया जाए, परंतु सभी ने यह सुझाव दिया कि इस समय राजसूय यज्ञ हो रहा है, यदि उसके बाद ही दिल्ली पर धावा बोलने की योजना बनाई जाए, तो ठीक रहेगा।

इस समय संयोगिता का स्वयंवर भी होना है। जयचन्द ने सलाह मान ली, परंतु यह तय कर लिया कि, स्वयंवर में पृथ्वीराज को नहीं बुलाया जाएगा। इस प्रकार सभी राजाओं के आगे पृथ्वीराज का अपमान करने का मौक़ा मिलेगा।

5

संयोगिता को जब यह पता चला कि स्वयंवर में पृथ्वीराज को नहीं बुलाया जाएगा तो, उसने निश्चय किया कि वह इस विषय में अपने पिता से बात करेगी। उसने अपने पिता से कहा कि स्वयंवर को टाल दें, परंतु जयचन्द ने कहा कि यह संभव नहीं है। सभी राजाओं को बुलाया जा चुका है। अब किसी भी प्रकार इसको टालना संभव नहीं है।

संयोगिता पर तो जैसे दुःखों का पहाड़ ही टूट पड़ा। वह बहुत ही उदास हो गई। सोचने लगी कि इस समस्या को कैसे दूर किया जाए? जब उससे अपना दुःख तथा उदासी सहन न हुई, तो उसने अपने मन का दुःख अपनी एक दासी जो सखी जैसी ही थी, उसके आगे रख दी। उसने पृथ्वीराज से मिलने तथा उसे अपना वर चुनने आदि की सारी घटना बता दी और अपनी मज़बूरी भी बता दी कि वह पृथ्वीराज के अलावा और किसी को वरण नहीं कर सकती है। अब वह असमंजस में थी कि क्या करे! पिता ने स्वयंवर का आयोजन किया था और उसमें पृथ्वीराज को बुलाया नहीं था। यह और भी कठिन समस्या थी।

दासी ने भी समस्या को समझा और पूछा कि राजा जयचन्द पृथ्वीराज को पसंद नहीं करते हैं, ऐसा क्यों है? वह तो इतने वीर हैं फिर जयचन्द उनसे क्यों नाराज़ हैं। संयोगिता ने बताया कि मेरे पिता उनसे इस कारण चिढ़ते हैं कि पृथ्वीराज स्वाभिमानी हैं, जो मेरे पिता की चापलूसी नहीं करते हैं और मेरे पिता का विरोध करने का साहस रखते हैं। मेरे अहंकारी पिता जो सभी की चापलूसी के आदी हो गए हैं।

संयोगिता ने उस दासी को अपने विश्वास में लिया और पृथ्वीराज तक यह संदेश पहुंचाने में सफल रही कि उसका स्वयंवर अमुक तारीख में होने जा रहा है और उसमें पृथ्वीराज को जयचन्द नहीं बुलाएगा और यह भी कहला दिया कि वह सिवाय पृथ्वीराज के किसी और से विवाह नहीं करेगी। अब यह उन्हें ही, यानी महाराज को ही सोचना है कि यह सब कैसे संभव होगा।

संयोगिता का प्रेम संदेश पाकर पृथ्वीराज व्याकुल हो गया। एक तो उसे अपने अपमान का बदला लेना था, दूसरे अपनी प्रेमिका संयोगिता से विवाह करना था। यह दो अहम् समस्याएं अब पृथ्वीराज के सामने थीं, जिन पर उसे अब अमल करना था। पृथ्वीराज ने यह समस्या चन्दवरदाई को बताई, जो कि उसका दोस्त भी था और हर समय उनकी मदद करने को तैयार रहता था। इस समस्या के समाधान के लिए उन लोगों ने एक योजना बनाई।

पृथ्वीराज जानते थे कि कन्नौज में उनका घुसना ख़तरे से खाली नहीं है। जयचन्द उन्हें यह कभी नहीं करने देगा, वरन् उनके प्राणों पर संकट आ जाएगा, फिर कुछ भी करना पड़े, परंतु संयोगिता के स्वयंवर के दिन उन्हें कन्नौज में उपस्थित रहना आवश्यक है।

इस समय पृथ्वीराज तथा जयचन्द यह भी जानते थे कि हमला करने से कुछ भी नहीं मिलेगा। रणनीति से ही काम बनेगा। उन्होंने ऐसी रणनीति बनाई, जिसमें वह चन्दवरदाई के नौकर बन गए। वेश बदलने में तो कुशल थे ही। कभी जयचन्द ने चन्दवरदाई को कन्नौज आने का निमंत्रण दिया था, उसी आधार पर चंदवरदाई ने जयचन्द को यह सूचना भिजवा दी कि कन्नौज आना चाहते हैं। इस बात से जयचन्द बहुत खुश हुए। अब उन्हें पूरा संतोष हो गया कि पृथ्वीराज को अपमानित करने की जो योजना उन्होंने बनाई है, वह इस कवि द्वारा उन तक ज़रूर पहुंच जाएगी। चन्दवरदाई काव्य द्वारा यहां का सुंदर वर्णन पृथ्वीराज से करेंगे।

जयचन्द ने चन्दवरदाई के स्वागत के लिए खूब व्यवस्था की। उन्हें हाथी पर बैठाकर पूरा नगर घुमाया गया। उस समय भी पृथ्वीराज हाथीवान बनकर उनके साथ थे। रास्ते में एक-आध बार चन्दवरदाई के मुंह से पृथ्वीराज के लिए महाराज शब्द निकल गया, जिसे पृथ्वीराज ने टोककर मना कर दिया। वहां वह चन्दवरदाई के नौकर के वेश में थे। नगर में घूमने के दौरान पृथ्वीराज को पता लगा कि नगर में रहने वाले सभी उनका आदर करते हैं तथा उनकी वीरता के कारण भयभीत भी रहते हैं।

राजसभा में चन्दवरदाई को बुलाया गया। वहां पर जयचन्द ने चन्दवरदाई से पूछा कि क्या यह सच है कि पृथ्वीराज एक वीर योद्धा हैं? चन्दवरदाई ने कहा कि इसमें कोई शक़ नहीं कि उसके समान दूसरा कोई योद्धा। उसकी तलवार जब चलती है, तो बिजली से भी तेज़ चाल से लहराती है। और अपने दुश्मन से पचास गुना तेज़ चलती है। जयचन्द को चन्दवरदाई के मुख से पृथ्वीराज की बड़ाई सुनकर अच्छा नहीं लगा, परंतु इस समय चन्दवरदाई उनका मेहमान था। इस कारण कुछ कह न सके, परंतु

उनके अहंकार को चोट पहुंची ज़रूर। जयचन्द ने चन्दवरदाई से फिर प्रश्न किया कि आपको हमारा नगर कैसा लगा, तो चन्दवरदाई ने उनकी बड़ाई के पुल बांध दिए और कहा कि नगर भी बहुत भला लगा तथा नगर में रहने वाले भी बहुत ही अच्छे लगे।

दूसरे दिन जयचन्द चन्दवरदाई के कमरे में देखने गए कि उनका सम्मान ठीक प्रकार हो रहा है या नहीं। उन्होंने जब कमरे में प्रवेश किया, चन्दवरदाई ने उन्हें आसन पर बैठाया और पृथ्वीराज नौकर बनकर उनकी सेवा में लग गए, ताकि किसी को संदेह न हो सके। पृथ्वीराज को देखकर उन्होंने चन्दवरदाई से कहा कि मैं तुम्हारे चाकर से बहुत ही प्रभावित हुआ हूं और मन-ही-मन सोचने लगे कि यह कोई आम चाकर नहीं है। इसके व्यक्तित्व में कोई बात है, जो सबसे अलग है। थोड़ी देर जयचन्द बैठे, फिर चले गए।

6

जयचन्द के दरबार में चन्दवरदाई अपने काव्यपाठ से सभी को आनंदित करता रहा। इसी प्रकार कई दिन बीत गए। स्वयंवर का दिन पास आता जा रहा था।

बातचीत में जयचन्द अक्सर पृथ्वीराज का अपमान करने के लिए उनके प्रति कड़वी बात कहने से नहीं चूकते थे, परंतु चन्दवरदाई समय की नज़ाकत को देखते हुए चुप रहते थे, परंतु नौकर बने पृथ्वीराज को बहुत गुस्सा आता था। चन्दवरदाई के कहने पर वह अपना गुस्सा पी जाते थे।

जयचन्द को पता नहीं क्यों पृथ्वीराज का व्यवहार कुछ अज़ीब-सा लगा। एक दिन जब चन्दवरदाई से मिलकर जा रहे थे, तो झरोखे के पास खड़े होकर उन लोगों के हाव-भाव देखते रहे। उन्हें कुछ संदेह हो रहा था। इस कारण उन्होंने अपने जासूसों से उन दोनों पर नज़र रखने को कह दिया था।

उनको पृथ्वीराज के व्यक्तित्व को देखकर यह संदेह होता था कि यह नौकर जैसा नहीं लगता है। उन्होंने अपनी फ़ौज को भी होशियार कर दिया और रास्ते पर पहरा भी और तगड़ा कर दिया।

अब स्वयंवर को एक ही दिन रह गया था और पृथ्वीराज तथा चन्दवरदाई दोनों को ही यह विश्वास हो गया था कि संदेह के घेरे में आ गए हैं और उनका यहां रहना अब खतरे से ख़ाली नहीं है, परंतु बिना संयोगिता को लिए जाना भी नहीं चाहते थे। इसी कारण तो वेश बदलकर यहां आए थे।

7

जयचन्द यह जान गए थे कि संयोगिता ने पृथ्वीराज को अपना पति वरण करने के लिए इरादा मज़बूत कर लिया है। वह किसी और को अपनी वरमाला नहीं पहनाएगी। इस कारण अपने मंत्रियों से कह दिया कि सभी बुलाए गए राजाओं से कह दिया जाए कि स्वयंवर एक दिन पहले होगा। मंत्री उनकी आज्ञा से सभी राजा-महाराजाओं को सूचित करने चला गया कि अब नियत तिथि को स्वयंवर न होकर एक दिन पहले होगा।

पृथ्वीराज के एक सेवक ने उसे यह संदेश सुनाया कि दूसरे दिन ही स्वयंवर होना है और जयचन्द ने आपको अपमानित करने के लिए द्वारपाल की जगह पर आपकी मूर्ति लगाई है। पृथ्वीराज के जासूस ने जब यह समाचार अपने राजा को दिया, तो तुरंत हरकत में आ गए।

अपने सभी सैनिकों तथा जासूसों को उन्होंने होशियार कर दिया और उन्हें अपनी योजना समझा दी। स्वयंवर वाले दिन सभी राजाओं के भाट संयोगिता के उस जगह पर आते ही होशियार हो गए। माला लेकर संयोगिता

जयचन्द के कहने पर संयोगिता स्वयंवर के लिए तैयार

जिस भी राजा के पास जाती, उसके भाट उनकी प्रशंसा में उनके साम्राज्य तथा उनके व्यक्तित्व के बारे में बताते जा रहे थे। संयोगिता वरमाला लिए प्रत्येक बुलाए हुए राजा-महाराजा के सामने से होती हुई बढ़ रही थी। एक चक्कर पूरा होने को था कि संयोगिता ने देखा दरवाज़े के पास ही पृथ्वीराज की मूर्ति रखी हुई है। वह तो सोच रही थी कि वेश बदल कर पृथ्वीराज ज़रूर आया होगा, परंतु वह उनको न देखकर उनकी मूर्ति देखकर चकित रह गई और बिना सोचे-समझे वरमाला उसने पृथ्वीराज की मूर्ति के गले में डाल दी।

जैसे ही संयोगिता ने वरमाला पृथ्वीराज के गले में डाली, हवा की रफ़्तार से पृथ्वीराज सभा में हाज़िर हो गया और संयोगिता को घोड़े पर बिठाकर हवा की भांति ही वहां से चला गया। इस घटना को देखकर सभी चकित रह गए। पृथ्वीराज के साथ जो सैनिक आए थे उनको आदेश मिला कि हमें अपना रास्ता बनाते हुए चलना है। रास्ते में कोई भी आए उसका सिर धड़ से अलग कर दो। उधर जयचन्द ने भी अपनी सेना को आदेश दिया कि तुरंत पृथ्वीराज पर धावा बोलकर उसे किसी भी प्रकार पकड़ कर ले आओ। जयचन्द की विशाल सेना का पृथ्वीराज के मुट्ठी-भर सैनिकों से युद्ध शुरू हो गया।

पृथ्वीराज सबको अपनी तलवार का ग्रास बनाता हुआ अपना रास्ता निकालता चला जा रहा था। वह और उसके सैनिक जयचन्द की सेना पर इस प्रकार वार कर रहे थे, मानो उल्कापात हो रहा हो। जयचन्द की सेना के वीर बन्दन ने पृथ्वीराज पर प्रहार करने का प्रयास किया, तो पृथ्वीराज ने उसे पहले ही मौत के घाट उतार दिया। पृथ्वीराज के पीछे जयचन्द की पूरी सेना लगी हुई थी। यद्यपि पृथ्वीराज का एक-एक सैनिक शूरवीरता तथा युद्ध की कुशलता से परिपूर्ण था, फिर भी उस विशाल सेना के सामने कभी कुछ भी

हो सकता था। पृथ्वीराज के सैनिकों ने उन्हें आगे बढ़ने को कहा और कहा कि बाक़ी सैनिकों को रोके रहेंगे। इस प्रकार उनका राजा साफ़ बच निकल जाएगा।

पृथ्वीराज का मन अपने सैनिकों को पीछे छोड़कर जाने का न था, पर उन लोगों ने उन्हें महारानी संयोगिता का वास्ता दिया, तो उन्होंने आगे जाना ही ठीक समझा, परंतु इस बीच युद्ध करते समय उनकी कमर के पास बाण लग गया था, जो उन्होंने अपने हाथों से ही निकाल दिया। तेज़ गति से भागते हुए पृथ्वीराज ने देखा कि जयचन्द की भारी सेना के आगे उनकी सेना तिनके के समान है, तो एक चाल चली। उन्होंने अपना रास्ता बदल दिया ताकि जयचन्द की सेना को भ्रमित हो जाए। वह अपने सैनिकों को लेकर पहाड़ियों की ओर जाकर छिप गए। इस प्रकार वह जयचन्द की सेना का छिप कर मुक़ाबला कर सकते थे। उन्होंने अपने सैनिकों को पहाड़ी के पीछे एक संकरे रास्ते पर लगा दिया, जिससे आसानी से उन पर प्रहार कर सकें। वहां से शत्रु पर प्रहार करना आसान था। इस प्रकार शत्रुओं की सेना की क्षति होती जाएगी।

8

अभी वह थोड़े ही सैनिकों का वारा-न्यारा कर चुके थे कि दूसरी ओर से दुश्मन की बड़ी भारी फ़ौज आ गई। यूं तो पृथ्वीराज का एक-एक योद्धा दस-दस पर भारी था। प्रत्येक सैनिक लौह-स्वभाव का था तथा युद्ध-कौशल में बहुत चतुर, परंतु संख्या कम होने से समस्या उत्पन्न हो गई थी। जब उनके सैनिक हर ओर से घिर गए, तो सैनिकों ने पृथ्वीराज से प्रार्थना किया कि थोड़ी-थोड़ी दूर पर उनका एक-एक सैनिक दुश्मन के सैनिकों के साथ युद्ध करके उनको रोके रखेगा, तब तक पृथ्वीराज निकल जाएं और सीमा पार कर अपने राज्य में चले जाएं। चन्दवरदाई ने भी यही सलाह उनको दी।

पृथ्वीराज अपने सैनिकों पर जान छिड़कते थे। वे इस प्रकार अपने हित के लिए जाना नहीं चाहते थे। यह नहीं चाहते थे कि वह तो बचकर निकल जाएं और उनके योद्धा उनके लिए अपने प्राणों की बलि दे दें। परंतु उनके दोस्त तथा हितैषी चन्दवरदाई ने उन्हें वास्तविक स्थिति से परिचित कराके निकल भागने के लिए तैयार किया। उन्होंने समझाया कि एक तो राजकुमारी

जयचन्द युद्ध की योजना बनाता है

संयोगिता भी आपके साथ हैं, फिर आपका व्यक्तिगत जीवन आपके लिए ही नहीं है। एक राजा सार्वजनिक संपदा होता है। उस पर उससे अधिक प्रजा का अधिकार होता है। इस कारण अपने राज्य तथा प्रजा के लिए उनका निकल भागना आवश्यक है।

शत्रुओं की सेना से सबसे पहले जिसका मुक़ाबला होना था, वह उनका प्रमुख योद्धा बाघराय था। वह बहुत ही वीर तथा कर्तव्य परायण था। अपनी मातृभूमि पर जान निछावर करने वाला वीर था। वीर क्या, उसको महावीर कहना ही उचित था।

संकरे रास्ते पर खड़ा बाघराय दुश्मनों को इस प्रकार काट रहा था कि अनेक योद्धा घबरा गए थे। पलक झपकते ही वह एक झटके में बहुत से योद्धाओं को मौत के घाट उतार रहा था। उसकी तलवार बिजली की रफ़्तार से चल रही थी। एक अकेला बाघराय कई सौ सैनिकों पर भारी पड़ रहा था, फिर भी कहां सैकड़ों योद्धा थे कहां यह एक योद्धा। कितना भी वीर हो, हज़ार आंखें उसी की ओर थीं। अंत में उसे एक तीर लगा और वह तीर बाघराय के प्राण-पखेरू ले गया। इस प्रकार बाघराय ने अपने स्वामी के लिए अपने प्राणों का बलिदान देने में तनिक भी मन को छोटा नहीं किया।

बाघराय के समान ही बहुत से पृथ्वीराज के योद्धा शत्रुओं के लिए कंटीले मार्ग बन गए, जिन्हें पार करके दुश्मनों का पृथ्वीराज तक पहुंचना दूभर हो रहा था। एक-एक योद्धा सैकड़ों सैनिकों का वध करता रहा तथा घंटों दुश्मन को उलझाए रहा और अपने स्वामी के लिए अपने प्राणों का बलिदान देता रहा। इस प्रकार यदि एक सैनिक मारा जाता, तो आगे के रास्ते

में दूसरा सैनिक आ जाता। वह भी उसी प्रकार वीरता से लड़ता, पृथ्वीराज के वीर योद्धाओं की श्रृंखला थी, वह अब खत्म होने लगी थी। अंत में पृथ्वीराज का सेनापति कान्ह था, जिससे जयचन्द के सैनिक भय खाते थे, क्योंकि वह भी एक महावीर योद्धा था। उसने घोड़े की लगाम अपने मुंह में पकड़ रखी थी और दोनों हाथों से तलवार लहराकर बहुत से सैनिक मार रहा था। ऐसा लग रहा था कि उसके हाथों में कोई दैवी ताक़त आ गई हो।

एक समय तो ऐसा आया कि जयचन्द की सेना कान्ह को पीठ दिखाकर भागने को हुई, परंतु उनके सेनापति द्वारा ललकारे जाने पर उनमें जोश आ गया और उन्होंने बहुत सारे बाणों से कान्ह का शरीर चोटिल कर दिया और इस प्रकार कान्ह भी घंटों के संघर्ष के बाद शहीद हो गया, परंतु उसका उद्देश्य पूरा हो गया था। पृथ्वीराज बहुत दूर निकल कर कन्नौज की सीमा पार कर चुका था।

पृथ्वीराज अपने दुर्ग में घुस गया था। यों तो उसने दुश्मन को हरा दिया था और अपने अपमान का बदला ले लिया था, जो जयचन्द ने योजना बनाई थी, परंतु फिर भी उसके दिल में अपने योद्धाओं के बलिदान का कांटा चुभ रहा था।

पृथ्वीराज अपने सैनिकों को ऐसी सुरक्षा तथा प्यार देता था मानों वे उसके अपने पुत्र हों। उनके सुख-दुःख में बराबर का भागीदार रहता था। उनकी सुविधाओं का पूरा-पूरा ध्यान रखता था। इसी कारण उसकी प्रजा तथा सैनिक दोनों ही उसके लिए अपने प्राण गंवाने से चूकते नहीं थे और दिल से उन्हें प्यार करते थे। उनके लिए उनका राजा उनका आदर्श था।

पृथ्वीराज के लिए उनका एक-एक सैनिक क़ीमती था। उन्होंने अपनी

सेना में बहुत वीर तथा युद्ध-कौशल से परिपूर्ण योद्धा रखे थे, जो संख्या में कम होने पर भी अपने से सौ गुने लोगों पर भारी थे।

अपने दुर्ग में पहुंचने पर पृथ्वीराज का स्वागत बहुत ही व्यापक ढंग से हुआ। सारी प्रजा अपनी महारानी का स्वागत करने के लिए उमड़ पड़ी थी। अपने राज्य में तो पृथ्वीराज की वीरता का डंका पहले से ही बज रहा था। दूसरे राज्यों के राजा, ज़िनके सामने जयचन्द ने पृथ्वीराज को अपमानित करने की योजना बनाई थी, वे सब भी पृथ्वीराज की शौर्य, वीरता तथा निडरता से प्रभावित थे।

राजपूत राजा बहुत खुश थे। उनकी नज़र में पृथ्वीराज ने ऐसा करके राजपूतों के मान को भारत में बढ़ाया था तथा राजपूत शब्द को सार्थक कर दिया था। सारी दिल्ली में खुशी की लहर दौड़ रही थी। उत्सव मनाए जा रहे थे। लोग पृथ्वीराज तथा उसकी पत्नी संयोगिता की जय-जयकार। कर रहे थे। वे अपनी महारानी को पाकर बहुत खुश थे।

पृथ्वीराज तथा संयोगिता को उनके मन के अनुसार ही जीवन-साथी मिल गया था। दोनों ही एक-दूसरे को पाकर बहुत खुश थे। पृथ्वीराज रसिक स्वभाव के थे तथा संयोगिता के प्यार में गले तक डूबे हुए थे। दिन-रात संयोगिता के ही पास रह कर पूर्णतया अपने वैवाहिक जीवन का आनंद ले रहे थे।

यद्यपि संयोगिता भी पृथ्वीराज के प्यार में शराबोर थी तथा उन्हें यह भी अच्छा लगता था कि उनके स्वामी उनके पास ही हर समय रहते हैं, परंतु एक वीर स्त्री होने के कारण थोड़ी चिंतित थीं कि महाराज अब अपने राजकाज पर ध्यान नहीं दे रहे हैं। राजा को इसके बारे में कई बार इशारा भी

कर चुकी थीं, परंतु पृथ्वीराज को इस समय केवल अपनी नवयौवना पत्नी ही दिखाई देती थी। उसके प्यार में इस क़दर खो गए कि राज्य का काम देखने की उनको सुधि न रही, न ही समय निकाल सके। दिल्ली में दरबारी सोच में पड़े थे कि दरबार लगना ही बंद हो गया था। वे महाराज के दर्शन को तरस गए थे।

महामंत्री, राजपुरोहित, चन्दवरदाई सभी को राजा का इस प्रकार का व्यवहार आकस्मिक लग रहा था। यह तो जानते थे कि राजा रसिक स्वभाव के हैं, परंतु वह इतना डूब जाएंगे, कि अपना कर्तव्य भी भूल जाएंगे, ऐसी उन्हें अपेक्षा नहीं थी। यह सभी के लिए चिंता का विषय था।

9

राज्य बहुत सारी समस्याओं से घिर गया था, परंतु समस्या का हल निकालने वाला सब बातों से निशि चत अपने महल में क़ैद होकर रह गया था। अब सबके सामने यह समस्या थी कि राजा को दरबार में कैसे बुलाया जाए। इसके लिए सभी दरबारियों ने मिलकर एक सभा बुलाई और उन सभी समस्याओं पर विचार करके मुख्य समस्या को हल करने की सोची कि कौन-सा जतन किया जाए कि राजा पूर्ववत अपने राज-कार्य में ध्यान देने लगें। विवाह हुए इतने दिन बीत गए थे। अब तक तो उन्हें अपने कर्तव्य का बोध होना चाहिए। पत्नी तो उनके पास जीवन-भर रहेगी, परंतु अब यदि उन्होंने यह सब जारी रखा तो पूरे राज्य के ऊपर संकट आ जाएगा। दरबारियों ने इस काम के लिए चन्दवरदाई को चुना, क्योंकि वही महाराज के अभिन्न मित्र थे। राजा की विशेष कृपा भी थी उन पर, सो उनके कहने का असर शायद राजा पर पड़े। राजपुरोहित भी राजा के इस काम से दुःखी थे। राजपुरोहित के कहने पर चन्दवरदाई को राजा को समझाने भेजा गया। चन्दवरदाई ने राजा के पास संदेश भिजवाया कि

राजा से भेंट करना चाहते हैं।

राजा ने जब उनसे भेंट की, तो चन्दवरदाई ने वे सारी समस्याएं बताईं, जो राजा के दरबार में न आने से उपस्थित हो गईं और राज्य की वास्तविक स्थिति की जानकारी दी। पहले तो राजा क्रोधित हुए कि उन्हें पहले क्यों नहीं बताया गया। फिर चन्दवरदाई ने ही उन्हें विनम्रता से बताया कि कई बार प्रयास किया गया, परंतु आपको उस समय किसी बात का ध्यान नहीं था।

पृथ्वीराज बहुत ही दुःख का अनुभव कर रहे थे कि वे अपने कर्तव्य से विमुख कैसे हो गए। राजा का प्रथम कर्तव्य तो राज्य की समस्याओं पर विचार करना तथा प्रजा के प्रति कर्तव्यों का पालन करना होता है, फिर क्यों इसकी उपेक्षा कर गए। उन्हें यह सोचकर दुःख हो रहा था कि सभी लोग उनके बारे में क्या सोचते होंग! ख़ैर, उन्हें अपनी ग़लती का अहसास हुआ और फिर से होशियार हो सभी समस्याओं पर विचार किया।

जयचन्द अपने को बहुत ही अपमानित महसूस कर रहा था। कहां उसने सोचा था कि वह पृथ्वीराज को अपमानित करेगा और कहां पृथ्वीराज उनको ही अपमानित करके उनकी बेटी को उठा करके ले गया। उनकी इतनी विशाल सेना भी उसे नहीं रोक पाई। जबकि पृथ्वीराज के सैनिक तो मुट्ठी भर ही थे। अपनी इस हार तथा अपमान से वह झुलसने लगे तथा कोई ऐसा रास्ता ढूंढ़ने लगे, जिससे पृथ्वीराज को ज़िन्दा या मुर्दा पकड़वाकर उचित दंड दे सकें। इसी समय उन्हें ध्यान आया कि मोहम्मद ग़ौरी, जिसे पृथ्वीराज सात बार हरा चुका था, वह भी पृथ्वीराज से अपनी दुश्मनी रखता है और फिर से दिल्ली पर धावा बोलने की सोच रहा है।

जयचन्द ने मोहम्मद ग़ौरी के नाम संदेश भिजवाया कि पृथ्वीराज महा घमंडी तथा दम्भी है। उसने भरे दरबार से उनकी बेटी संयोगिता का हरण कर लिया है और वह मोहम्मद ग़ौरी को भी सात बार हरा चुका है। अब यदि मोहम्मद ग़ौरी और राजा जयचन्द मिल जाएं, तो ज़रूर पृथ्वीराज जैसे घमंडी राजा का सिर नीचा कर सकते हैं। यह संदेश पाते ही मोहम्मद ग़ौरी को अपने स्वप्न साकार होते नज़र आने लगे। वह जानता था कि जयचन्द को तो वह हरा सकता है, परंतु पृथ्वीराज को हराना उसके लिए टेढ़ी खीर थी।

अब जब जयचन्द उससे मिलने की बात कर रहे हैं, तो वह पृथ्वीराज को हराकर और जयचन्द को अपने अधीन करके पूरे भारत पर अपना राज्य कायम कर सकेगा।

10

मोहम्मद ग़ौरी ने जयचंद को संदेश संदेश भिजवा दिया कि वह जयचन्द के प्रस्ताव को स्वीकार करते हैं, परंतु समय की गंभीरता को ध्यान में रखते हुए उचित समय का इन्तज़ार करें। अभी धीरज रखने की ज़रूरत है। संदेश वाहक उनका संदेश लेकर कन्नौज चला गया और इधर मोहम्मद ग़ौरी आक्रमण करने से पहले की तैयारी में जुट गया। उसने हर प्रकार की फ़ौज इकट्ठी करनी शुरू कर दी और सेना के प्रशिक्षण की भी विशेष व्यवस्था की। सेना उसके पास भी बहुत थी, फिर अब तो उसे जयचन्द का साथ भी मिल रहा था। उसे पूरा विश्वास था कि जीत उसी की होगी। सेना के प्रशिक्षण में वह काफ़ी होशियारी रख रहा था और उसने अपना गुप्तचर विभाग भी दृढ़ करने का प्रयास किया। गुप्तचर विभाग को भी तरह-तरह के प्रशिक्षण दिए गए। सेना के प्रशिक्षण में वह इतना अधिक होशियार था कि स्वयं ही निरीक्षण करता था कि कहीं थोड़ी-सी भी चूक न होने पाए।

मोहम्मद ग़ौरी के मन में जयचन्द के लिए बड़े निम्न विचार थे। वह सोचता था कि यह कैसा गद्दार है, जो अपने भारत में हिन्दू राजा को अपने

व्यक्तिगत द्वेष के लिए हराना चाहता है और एक विदेशी यवन का साथ दे रहा है। फिर भी उसने सोचा, ऐसे नीच व्यक्ति का पूरा लाभ अपने हित के लिए उठाया जाए।

यद्यपि वह पृथ्वीराज पर आक्रमण करके दिल्ली अपने अधीन करना चाह रहा था, फिर भी पृथ्वीराज के व्यक्तित्व से वह प्रभावित था। हां, वह उसे मूर्ख ज़रूर समझता था, जिसने सात बार हराकर सातों बार उसे छोड़ दिया था। पृथ्वीराज के चरित्र की बड़ाई वह मन-ही-मन करता था। उसका शत्रु हुआ, तो क्या है जीवट वाला।

उधर पृथ्वीराज को भी पता लग गया, कि मोहम्मद ग़ौरी और जयचन्द मिल गए हैं और दोनों ही उसके ऊपर आक्रमण करने की योजना बना रहे हैं। वह चिंतित हो गया। अब उन्हें अपनी लापरवाही का पता लगा। उनके राज्य की ओर से लापरवाह होने से वैसे ही सैन्य शक्ति कमज़ोर हो गई थी और जो कुछ अति कुशल तथा वीर योद्धा थे, वे कन्नौज में संयोगिता के स्वयंवर के समय बलिदान हो गए थे, फिर भी पृथ्वीराज ने होशियारी से अपनी सेना को इकट्ठा किया तथा उनके प्रशिक्षण का भी पूरा प्रबंध किया। उनको शत्रुओं से मुक़ाबला करने के लिए पूरी तरह से तैयार किया।

मोहम्मद ग़ौरी ने अपनी सेना का निर्देशन अपने अनुभवी सेनानायकों पर डाल दिया। दोनों ओर की फ़ौजें अपने पराक्रम का प्रदर्शन कर रही थीं। पृथ्वीराज की सेना संख्या में कम थी, परंतु युद्ध कौशल के मामले में वे मोहम्मद ग़ौरी की सेना से कहीं आगे थीं। इस कारण वे बड़ी वीरता से लड़ रहे थे। पृथ्वीराज का एक-एक सैनिक कई-कई शत्रुओं को एक-एक

पल में मौत के घाट उतार रहा था। दोनों की ही फ़ौजें आपस में एक-दूसरे पर टूट पड़ीं।

संयोगिता को यह बात भली नहीं लग रही थी कि उसके पिता यवनों से मिल गए हैं और अपने ही दामाद के शत्रु बनकर उसे नीचा दिखाने के लिए एक विदेशी यवन से मदद ले रहे हैं। उसने पृथ्वीराज को प्रोत्साहित किया कि जब पिता ही सभी हिन्दू राजाओं की अखंडता स्थापित नहीं कर पा रहे हैं, तो इस समय पृथ्वीराज का कर्तव्य यही बन पड़ता है कि राजपूतों के सम्मान के लिए युद्ध में उन्हें हराएं।

संयोगिता द्वारा मनोबल बढ़ाने पर तथा देश में आए संकट देख कर पृथ्वीराज का ख़ून खौल उठा। उसे जयचन्द की चाल पर दुःख भी होने लगा कि ख़ुद पृथ्वीराज से जीत न सके, तो एक ऐसे कपटी यवन का सहारा लिया जिसे पृथ्वीराज कई बार हरा चुका है। इस खराब काम के लिए वह जयचन्द को कभी क्षमा नहीं कर पाएगा और इस बार भी उसे हार का ही मुंह देखना पड़ेगा। ऐसा मजबूत इरादा करके पृथ्वीराज युद्ध के लिए तैयार हुआ।

11

पृथ्वीराज ने युद्ध के लिए कूच कर दिया। वह अपनी सेना की अगुवाई ख़ुद ही कर रहा था। उसके सैनिक यद्यपि संख्या में काफ़ी कम थे और मोहम्मद ग़ौरी की बहुत बड़ी सेना के आगे कुछ भी नहीं थे, फिर भी पृथ्वीराज तथा उसके योद्धाओं में मनोबल की कमी नहीं थी। उनका सामना जब शत्रु की सेना से हुआ, तो उन्होंने दुश्मन को ललकारा और कहा 'यदि तुम में पृथ्वीराज का सामना करने की ताक़त है, तो ख़ुद सामने आकर लड़ो।' तब तक वह अपने सफ़ेद घोड़े पर सवार लगाम मुंह में दबाए हुए दोनों हाथों से तलवार चलाता हुआ बहुत से दुश्मनों का वध करता जा रहा था। उसमें इतनी चुस्ती तथा फुर्ती थी कि ऐसा लगता था, मानो शंकर भगवान अपना क्रोध दिखाने के लिए तांडव नाच कर रहे हों। पलक झपकते ही वह बहुतों की जान ले लेता था। उसी प्रकार उसके सैनिक भी उसी मनोबल से लड़ रहे थे।

युद्ध-भूमि में इधर-उधर उछलते हुए उसके योद्धा दुश्मन की सेना पर भारी पड़ रहे थे। जिस स्थान से पृथ्वीराज जाता था, वहां के दुश्मन सैनिक

भय के कारण रास्ता छोड़ देते थे और वह अपना रास्ता बनाता हुआ दुश्मन की सेना का सफाया कर रहा था। उसके इस प्रकार लड़ाई के मैदान में घूमने से ही दुश्मन की सेना में हाहाकार मच गया।

लड़ाई के मैदान में जहां देखो ख़ून ही ख़ून तथा कटे हुए मनुष्यों के मुंड ही मुंड दिखाई पड़ रहे थे। मोहम्मद ग़ौरी की लगभग आधी सेना का पृथ्वीराज की मुट्ठी-भर सेना ने सफाया कर दिया था। अपने सैनिकों की हानि देखकर बाक़ी के सैनिकों का भी मनोबल टूट रहा था तथा वे भयभीत होकर भागने लगे।

दुश्मन की सेना को भागते देखकर पृथ्वीराज में एक गर्व-सा समा गया। वह मन-ही-मन बहुत ख़ुश हो रहा था कि उसकी वीरता के आगे शत्रु कमज़ोर पड़ गए हैं, परंतु यह उनका भ्रम था क्योंकि पीछे से पृथ्वीराज को ललकारता हुआ मोहम्मद ग़ौरी आगे आया और उसने पीछे से ही एक बाण पृथ्वीराज पर छोड़ा था, जो पृथ्वीराज को लगा था।

इस हमले के लिए पृथ्वीराज पहले से तैयार नहीं था, फिर भी वह तलवार हाथ में लहराता हुआ मोहम्मद ग़ौरी पर टूट पड़ा। परंतु शत्रुओं के बहुत से भाले उनके घोड़े को चोटिल कर गए। उनका घोड़ा गिर गया और गिरते ही ढेर हो गया।

घोड़े के गिर जाने पर भी पृथ्वीराज उसी तेज़ी से दोनों हाथों से अपनी तलवार घुमा-घुमाकर शत्रु सेना का सफाया कर रहा था। उसकी ख़ून की प्यासी तलवार ने पल-भर में सैकड़ों शत्रुओं को मौत के घाट उतार दिया। दोनों ओर के सैनिकों में घमासान युद्ध हो रहा था।

एक बार फिर शाहबुद्दीन ग़ौरी के सैनिक भागते हुए नज़र आ रहे थे, परंतु फिर अचानक सैनिकों की एक टुकड़ी सामने आ गई और पृथ्वीराज की सेना पर टूट पड़ी।

पृथ्वीराज की सेना में एक तो सैन्यशक्ति वैसे ही कम थी, उस पर आधे सैनिक मारे जा चुके थे। इस कारण उनकी शक्ति और भी कमज़ोर हो गई थी, फिर भी बचे हुए सैनिक वीरता से दुश्मनों के छक्के छुड़ा रहे थे। इसी बीच मोहम्मद ग़ौरी की सेना के कुछ हाथी संतुलन खो बैठे तथा उनके भागने से बहुत सारे सैनिक उनके पैरों तले रौंद डाले गए। इसी समय सुअवसर देखकर मोहम्मद ग़ौरी के एक सैनिक ने पृथ्वीराज पर भाला तान लिया। भाले से बचने के लिए जैसे ही कोशिश करने लगे, उनका ध्यान चूक गया और उसी समय बीसियों तलवार तथा भालों से घिर गए। शरीर के हर क्षेत्र में भाले तथा तलवारें लगी थीं। उनके हाथ में कोई हथियार नहीं था। उन्होंने अपनी कमर से कटार निकालने की कोशिश की, लेकिन शत्रुओं के सैनिकों ने अपने भाले की नोक उनके सीने पर लगा दी।

अपने को असहाय पाकर पृथ्वीराज ने मोहम्मद ग़ौरी से कहा कि यह युद्ध का नियम नहीं है कि बिना हथियार वाले सैनिक पर वार किया जाए। मुझे अपनी तलवार उठाने का मौक़ा दिया जाए, परंतु कपटी मोहम्मद ग़ौरी ने कहा कि मैं युद्ध में किसी नियम को नहीं मानता हूं। मेरा उद्देश्य तो केवल अपनी जीत ही होती है। चाहे वह किसी भी विधि से हो। मैं तुम्हारी तरह राजपूत नहीं हूं, जो अपनी मर्यादा का ध्यान रखूं और हाथ आए दुश्मन को इसका मौक़ा दें कि वह मुझे ही मात दे दे।

पृथ्वीराज ने जब देखा कि ग़ौरी युद्ध के नियमों का पालन नहीं कर रहा है और उसने छल करके उसे युद्ध में हराने का प्रयत्न किया है, तो

उसने हठ किया कि उसे मार दिया जाए, परंतु मोहम्मद ग़ौरी तो पृथ्वीराज को अपमानित करना चाहता था। उसने अपने सैनिकों को आज्ञा दी कि पृथ्वीराज को बंदी बनाकर मेरे शिविर में ले चलो।

पृथ्वीराज को शत्रु के सैनिक बंदी बनाकर ले गए और जैसे ही वह बंदी बने युद्ध खत्म हो गया। जयचन्द तो बहुत ही ख़ुश हुआ कि उसकी आंख का कांटा निकल गया। उसने कन्नौज में उत्सव मनाया और इस बात की ख़ुशी जाहिर की कि उसका परम शत्रु युद्ध में हार गया है और अब वह मोहम्मद ग़ौरी के पास बंदी के रूप में है। मन-ही-मन वह हंसा कि भारत के शेर को आख़िर पिंजरे में डाल ही दिया गया।

12

पृथ्वीराज के बंदी बनते ही उसका राज्य बिना संरक्षक के हो गया। मोहम्मद ग़ौरी ने दिल्ली पर अपना अधिकार कर लिया और जमकर लूट-पाट की। सारी दिल्ली को तहस-नहस करके छोड़ दिया।

जनता अपने को असुरक्षित महसूस करने लगी और पृथ्वीराज के लिए शोकाकुल हो गई। दिल्ली शोक में डूब गई। कहीं कोई उत्तेजना दिखाई नहीं दे रही थी। उनका प्रिय स्वामी दुश्मनों के वश में हो गया था। जनता में त्राहि-त्राहि मची थी। वह अपने स्वामी के लिए बेचैन थी, पर मजबूर थी, कर कुछ भी नहीं सकती थी।

उधर महारानी संयोगिता पृथ्वीराज के स्वागत की तैयारियां किए बैठी थी। उसे पूर्ण विश्वास था कि उसका वीर पति ज़रूर युद्ध जीतकर वापस आएगा, क्योंकि अभी तक पृथ्वीराज एक भी युद्ध हारा नहीं था और महारानी को उसकी वीरता में कोई संदेह नहीं था। वह अपने पति की वीरता पर ही तो मोहित हो गई थीं। उनकी वीरता, पौरुष, पराक्रम तथा निडरता ने

ही उन्हें प्रभावित किया था और इसी कारण अपने पिता का शत्रु होने पर भी उन्होंने इस वीर राजा का वरण किया था।

महारानी संयोगिता को जब यह समाचार मिला कि पृथ्वीराज बंदी बना लिए गए हैं, तो उन्हें सहज विश्वास ही नहीं हुआ कि जिस व्यक्ति को 'दिल्ली का शेर' की उपाधि दी गई थी, उसे भला कौन बंदी बना सकता है! उसके तो नाम से ही शत्रुओं के योद्धा थर-थर कांपते थे, परंतु दरबार के बूढ़े तथा अनुभवी व्यक्तियों द्वारा जब उन्हें सत्य की जानकारी दी गई, तो इस मानसिक पीड़ा से अचेत हो गईं। तमाम राजवैद्य उनके इलाज में जुट गए। जब-जब उनकी चेतना लौटती, वह अपने वीर पति के बारे में ही चिंता कर रही थीं कि इतने निडर स्वामी क़ैद में कैसा अनुभव कर रहे होंगे! कितने मज़बूर होंगे और परिस्थितियां उनके कितनी प्रतिकूल होंगी! वह अपने मन की घुटन को किसी से कह भी नहीं पा रहे होंगे। पति की दशा का ध्यान करके वह बार-बार व्याकुल-सी हो जाती थीं।

जब महारानी संयोगिता से पति के उस हालत में होने का दुःख सहा नहीं गया, तो वह सभी सभासदों को धिक्कारने लगीं कि तुम तो दिल्ली के वीर राजा के दरबारी हो, तुम लोग हाथ-पर-हाथ रखे क्यों बैठे हो? क्यों नहीं मोहम्मद ग़ौरी का वध करके अपने स्वामी को छुड़ा कर लाते हो? दिल्ली के सभी सभासद तथा सैनिक अपनी महारानी के दुःख से चिंतित थे, परंतु वे लोग कुछ कर नहीं सकते थे। वे अपने महाराजा का स्वभाव जानते थे और यह समझ रहे थे कि बंदी बनकर वे किस मानसिक पीड़ा को झेल रहे होंगे, पर मजबूरी के कारण अपनी महारानी की बात को चुपचाप नीची निगाह किए ही सुनते रहे और कर भी क्या सकते थे, उनके दरबार के

राजकवि चन्दवरदाई ने उन्हें आश्वासन दिया कि वह राजा को बंदीगृह से मुक्त करने का प्रयास करेंगे। उन्होंने कहा कि मैं उनका अभिन्न मित्र हूं और जितनी वेदना महारानी संयोगिता को उनके बन्दी रहने पर हो रही है, उतनी ही वेदना उनको को भी हो रही है इसके लिए वह कोई-न-कोई रास्ता ज़रूर ही निकालेंगे।

चन्दवरदाई के इस प्रकार आश्वस्त करने पर महारानी संयोगिता को कुछ आशा बंधी और उनकी व्याकुलता कुछ कम हुई और वह उस दिन का इंतज़ार करने लगीं, जब उनके स्वामी उनके पास होंगे।

13

मोहम्मद ग़ौरी पृथ्वीराज को अपने साथ ग़ज़नी ले गया। वहां पर उसने पृथ्वीराज को बंदी बनाकर रखा। उसने एक दिन पृथ्वीराज को अपने दरबार में बुलाया। पृथ्वीराज उसी आन-बान से दरबार में हाज़िर हुआ।

मोहम्मद ग़ौरी ने देखा कि वह उनको घूर रहा है, जबकि मोहम्मद ग़ौरी के दरबार में सभी के लिए यह आदेश था कि कोई भी उनसे आंख मिलाकर बात नहीं करे। जब तक वह दरबार में रहते सभी की नज़रें नीचे झुकी रहती थीं, परंतु पृथ्वीराज को घूरते देखकर मोहम्मद ग़ौरी ने अपनी बेइज़्ज़ती समझी और उनको आदेश दिया कि वे अपनी नज़रें नीची रखें।

पृथ्वीराज ने उनके आदेश का पालन नहीं किया। वह उसी प्रकार अपनी निगाहें मोहम्मद ग़ौरी से मिलाए रहे। उन्हें कई बार आदेश देने पर भी जब वह नहीं माने तो मोहम्मद ग़ौरी चिढ़ गया और उसने क्रोध में आदेश दे दिया कि पृथ्वीराज की आंखें निकाल ली जाएं। यह सब नज़ारा देखने के लिए जयचन्द भी वहां उपस्थित थे।

मोहम्मद ग़ौरी दिल्ली पर आक्रमण की योजना बनाता

मोहम्मद ग़ौरी ने बहुत सारे राजाओं के साथ जयचन्द को भी बुलाया था, यह देखने के लिए कि उन्होंने दिल्ली के शेर को पिंजड़े में कैसे बंद करके रखा है। और अब वह उनका ग़ुलाम होकर रहेगा।

जयचन्द मन-ही-मन बहुत ही ख़ुश थे कि उनका अपमान करने वाले उनके परम शत्रु की यह दशा हो गई है। उन सब राजाओं की उपस्थिति में ही मोहम्मद ग़ौरी ने यह आदेश दिया था कि पृथ्वीराज की आंखें फोड़ दी जाएं। सभी राजा मोहम्मद ग़ौरी की इस क्रूरता से ख़ुश नहीं थे, सिवाय जयचन्द के।

पृथ्वीराज की आंखें गरम सलाखों से फोड़ दी गईं। जब यह समाचार दिल्ली पहुंचा, तो सारे दिल्लीवासियों की आंखें गीली हो गई तथा सभी तड़पकर रह गए कि उनके महाराज को कितना घृणित दुःख दिया जा रहा है!

सभी उनकी वेदना को सोचकर दयावान हो गए और संयोगिता तो जैसे संज्ञाशून्य हो गई। इतनी वीर स्त्री होते हुए भी वह अपने को संयत न रख सकी और चिल्ला उठी। उसी ने ही तो पृथ्वीराज के दिल में जोश तथा उत्साह भरा था। वह इन सबका मूल कारण अपने को मान रही थी। न ही वह पृथ्वीराज से विवाह करती और न ही उसके पिता पृथ्वीराज को छल से एक यवन के साथ मिलकर इतना भयानक दुःख देते।

चन्दवरदाई ने संयोगिता से वायदा किया था कि वह पृथ्वीराज को मोहम्मद ग़ौरी की क़ैद से छुड़ा लेंगे। उन्होंने महारानी के पैरों की धूल ली और अपने अभियान के लिए चल दिए। उन्होंने एक जोगी का वेश धारण कर लिया और ग़ज़नी जा पहुंचे, ताकि किसी को शक भी न हो कि यह

पृथ्वीराज से किसी भी प्रकार संबंधित है। वह ग़ज़नी पहुंच कर किसी प्रकार पृथ्वीराज से मिलने में सफल हो गए। उन्होंने पृथ्वीराज को दिल्ली का तथा दिल्लीवासियों का पूरा हाल कह सुनाया और महारानी संयोगिता की व्याकुलता भी बता दी।

पृथ्वीराज दिल्ली तथा संयोगिता के समाचार सुनकर बहुत दुःखी हुए। उन्हें अपनी विवशता पर दुःख हो रहा था।

पृथ्वीराज से मिलकर चन्दवरदाई किसी प्रकार उस स्थान पर पहुंचने में सफल हो गए, जहां पर मोहम्मद ग़ौरी बाण चलाने का अभ्यास कर रहे थे। वहां पर और सेनानी भी खड़े होकर उनका अभ्यास देखकर उनकी प्रशंसा कर रहे थे।

इस प्रकार वे सुलतान की चापलूसी करके उनकी नज़र में उठना चाहते थे। उसी बीच वहां चन्दवरदाई भी जा खड़े हुए और उन्होंने कुछ अधिक ही जोर से ताली बजाई, ताकि मोहम्मद ग़ौरी की निगाहें उन पर ठहर जाएं।

चन्दवरदाई ने भी प्रशंसा में कुछ शब्द कहे, जिससे सुलतान बहुत ही खुश हुआ और उसने प्रश्न किया कि क्या सच ही मेरा निशाना प्रशंसा के लायक है, तो चन्दवरदाई ने कहा कि निःसंदेह आपका निशाना बहुत ही अच्छा है, पर पृथ्वीराज इससे अच्छा निशाना साधने में माहिर है।

पहले तो मोहम्मद ग़ौरी पृथ्वीराज का नाम सुनकर क्रोध में आ गए, फिर उन्होंने अपने को संभाल कर लिया और उनसे पूछा कि क्या सच कह रहे हो। यदि इसमें तनिक भी झूठ हुआ, तो तुम्हारा सिर धड़ से अलग कर दिया जाएगा।

चन्दवरदाई ने कह दिया कि मैं विश्वास से कह सकता हूं। यदि आपको थोड़ा भी संशय हो, तो अपने सामने प्रमाण देख सकते हैं।

मोहम्मद ग़ौरी को विश्वास नहीं हो रहा था कि पृथ्वीराज तो अंधा है। कोई अंधा आदमी कैसे निशाना साध सकता है, फिर भी उन्होंने निश्चय किया कि इस योगी की बात को आजमा कर देखा जाए।

14

दूसरे दिन पृथ्वीराज की निशानेबाज़ी का आयोजन किया गया। सभी मुख्य अधिकारियों तथा दरबारियों को वहां बुलाया गया कि एक विशेष कौशल को देखने सभी लोग आएं। देखने वाले लोगों से स्थल खचाखच भरा था। सभी दरबारी लालायित थे कि यहां इस समय कैसा नजारा देखने को मिलेगा, जिसके लिए इतने लोग उपस्थित होकर बेचैन नज़रों से देख रहे हैं।

इसी बीच चन्दवरदाई पृथ्वीराज के पास पहुंचे और उन्होंने अपनी योजना बताई। उन्हें मालूम था कि पृथ्वीराज शब्दबेधी बाण चला लेते हैं। इसी कारण वह ऐसा आयोजन करवा रहे थे। काव्य द्वारा पृथ्वीराज को सचेत कर देंगे कि मोहम्मद ग़ौरी किस स्थान पर, कितनी ऊंचाई पर बैठे हैं और जैसे ही सुलतान बोलेंगे पृथ्वीराज अपना अचूक निशाना उन पर साध देंगे। इस प्रकार वह पृथ्वीराज के बाण से घायल होकर मृत्यु को प्राप्त हो जाएंगे और पृथ्वीराज से छल करने का तथा उन्हें अपमानित करने का दंड उन्हें मिल जाएगा।

पृथ्वीराज मोहम्मद ग़ौरी पर शब्दबेधी बाण चलने की सोचते हैं

दरबारियों में जयचन्द भी थे, जो यह देखने को अति बेचैन लग रहे थे कि किस प्रकार पृथ्वीराज का अपमान होगा और उन्हें अंधे तथा बेबस इंसान के रूप में देखकर वह बहुत खुश होंगे। नियत समय पर पृथ्वीराज को दरबार में बुलाया गया और उनको लक्ष्य के सामने खड़ा किया गया, जिस पर उनको बाण चलाना था।

चन्दवरदाई भी जोगी के वेश में दरबार में हाज़िर थे। उन्होंने मोहम्मद ग़ौरी से निवेदन किया कि वह अर्थात चन्द वरदाई पृथ्वीराज को लक्ष्य की दिशा तथा दूरी तो बता दें अन्यथा कैसे निशाना साध पाएंगे। जब तक उनको लक्ष्य को ही पता नहीं चलेगा,तो क्या होगा। दूसरा हठ यह किया कि, क्योंकि पृथ्वीराज एक वीर योद्धा रहे हैं, इस कारण इस वीर राजा को तीर मारने का आदेश आपके द्वारा ही दिया जाना चाहिए। यह आपकी मर्यादा को भी बढ़ाएगा।

मोहम्मद ग़ौरी कुछ देर असमंजस में सोच-विचार करते रहे, फिर उन्हें उस जोगी की बात में सत्यता दिखाई दी, तो वे इस बात के लिए राजी हो गए। अब चन्दवरदाई को विश्वास हो गया कि वह अपनी योजना के अनुसार ही इस दुष्ट छली राजा को पृथ्वीराज की सहायता से मृत्युलोक पहुंचा पाएंगे। उन्हें जयचन्द जैसे गद्दारों पर भी भारी गुस्सा था, जो हिन्दू होते हुए एक यवन राजा से मिलकर एक सच्चे राजपूत का अपमान करवा रहे थे, फिर भी वे जयचन्द के लिए कुछ भी करने के लिए बेबस थे, वरना उन्हें भी सबक सिखलाना चाहते थे।

चन्दवरदाई ने पृथ्वीराज को वचन दिया था कि वह उन्हें बंदीघर की नारकीय ज़िन्दगी से मुक्त कराएंगे। निश्चित था कि जब पृथ्वीराज मोहम्मद ग़ौरी को बाण मारेंगे, तो सभी दरबारी पृथ्वीराज को दबोच लेंगे फिर न जाने

किस प्रकार का अत्याचार करें! अधिक संभावना यही थी कि उनकी हत्या कर देंगे। जब मरना ही है, तो क्यों न वीरता से मरें। दुश्मन के नीच हाथों से तो स्वयं ही मरना श्रेष्ठ रहेगा। इसी कारण चन्दवरदाई ने कहा था कि मोहम्मद ग़ौरी के मरने के तुरंत बाद मैं आपके पेट में कटार भोंक दूंगा और आप मेरे पेट में कटार भोंक देना, फिर तो दोनों ही की मौत एक मिसाल बन जाएगी और दोनों ही वीरगति को प्राप्त होंगे।

पृथ्वीराज जब राजदरबार में आए, तो सभी सांस रोके आगे आने वाले नज़ारे को देखने के लिए बेचैन थे। जयचन्द भी काफी बेचैन दिखाई पड़ रहे थे। चन्दवरदाई पृथ्वीराज को लक्ष्य के सम्मुख ले आए और उन्होंने उनको कविता द्वारा यह इशारा कर दिया 'चार हांथ चौबीस गज़, अंगुल अष्ट प्रमान। ता ऊपर सुलतान, मत चूके चौहान।' मोहम्मद ग़ौरी का आसन कहां है, यह इस कविता में दिया था, फिर महाराज से हठ किया कि अब आप आदेश दें कि तीर चलाया जाए।

जैसे ही मोहम्मद ग़ौरी ने आदेश दिया, बिना एक पल भी देर किए पृथ्वीराज ने शब्द-बेधी बाण चला दिया, जो सीधा जाकर मोहम्मद ग़ौरी के सीने में लगा और वह चीख़ कर वहीं ढेर हो गए। सभा-स्थल में एक पल के लिए सन्नाटा छा गया, क्योंकि कोई भी उस दृश्य को देखने के लिए तैयार नहीं था। यह अभूतपूर्व घटना सभी को चकित कर गई। उसके तुरंत बाद चन्दवरदाई ने पृथ्वीराज के पेट में विष बुझी कटार घोंप दी, जो वह पहले से ही लाए थे और दूसरी कटार पृथ्वीराज को थमा दी कि चन्दवरदाई के पेट में उतार दें। इस प्रकार दोनों मित्रों ने अंत समय तक अपनी दोस्ती निभाई और एक-दूसरे को प्रेम के बंधन में बांध कर दूसरी दुनिया के सफ़र के लिए चले गए।

इस प्रकार पृथ्वीराज चौहान जो वीरता का प्रतीक माने जाते थे और जिन्हें लोग वीर शिरोमणि कहते थे, जीवन-भर निडरता तथा वीरता से जीवित रहे और उन्होंने मृत्यु भी ऐसी चुनी, जो सभी के अंदर आदर पैदा करने वाली थी।

पृथ्वीराज कभी भी कोई युद्ध हारे नहीं थे। यद्यपि मोहम्मद ग़ौरी ने जयचन्द से मिलकर छल द्वारा उनको बंदी बना लिया था, फिर भी उनकी निडरता की कभी हार नहीं हुई। आज भी लोग जब वीरता की मिसाल देते हैं तो पृथ्वीराज का नाम सबसे ऊपर आता है। वह देश की शान थे। उन्होंने राजपूतों की मर्यादा का पालन पूरी ईमानदारी से किया था।

●●●

प्रश्नोत्तरी

1.) मोहम्मद ग़ोरी के आक्रमण के समय दिल्ली पर किसका शासन था?

(अ) पृथ्वीराज चौहान (ब) जयचन्द

(स) चन्दवरदाई (द) सम्राट अकबर

2.) मोहम्मद ग़ोरी ने पहली बार दिल्ली पर कब आक्रमण किया था?

(अ) 1816 (ब) 1618

(स) 1186 (द) 1526

3.) कन्नौज का राजा कौन था?

(अ) पृथ्वीराज चौहान (ब) जयचन्द

(स) सम्राट अकबर (द) शाहजहां

4.) राजा जयचन्द की लड़की का क्या नाम था?

(अ) रज़िया सुलतान (ब) चांद बीबी

(स) लक्ष्मीबाई (द) संयोगिता

5.) संयोगिता ने स्वयंवर में किसे वरमाला पहनाई?

(अ) पृथ्वीराज चौहान (ब) जयचन्द

(स) लाखनसिंह (द) जहांगीर

6.) जयचन्द ने पृथ्वीराज पर आक्रमण कर उन्हें बंदी बनाने के लिए किस मुग़ल शासक का सहयोग लिया?

(अ) महमूद ग़ज़नवी (ब) मोहम्मद ग़ोरी

(स) शाहजहां (द) अकबर

7.) पृथ्वीराज के दरबार में राजकवि कौन था?

(अ) कविवर बिहारी (ब) रसखान

(स) चन्दवरदाई (द) रहीम

8.) मोहम्मद ग़ोरी ने पृथ्वीराज को बंदी बनाकर किस स्थान पर ले गया?

(अ) अफ़गानिस्तान (ग़ज़नी) (ब) पाकिस्तान

(स) कन्नौज (द) दिल्ली

9.) 'दिल्ली का शेर' की उपाधि किसे मिली थी?

(अ) मोहम्मद ग़ोरी (ब) पृथ्वीराज चौहान

(स) महमूद गज़नवी (द) अकबर

10.) मोहम्मद ग़ोरी की हत्या किसने की?

(अ) चन्दवरदाई (ब) संयोगिता

(स) पृथ्वीराज चौहान (द) महमूद ग़ज़नवी

उत्तर

1. अ, 2. स, 3. ब, 4. द, 5. अ, 6. ब, 7. स, 8. अ, 9. ब, 10. स